Retour à la normale

family®

Zoé
TM/MC

Retour à la normale

Adaptation de Jane Mason et Sara Hines Stephens

D'après les épisodes « Back to PCA » et « Time Capsule »
dont les scénarios ont été écrits respectivement
par Dan Schneider et par Steve Holland

D'après *Zoey 101* créé par Dan Schneider

Texte français de Marie-Josée Brière

Éditions
■ SCHOLASTIC

Catalogage avant publication de Bibliothèque
et Archives Canada

Mason, Jane B.
Retour à la normale / adaptation de Jane Mason et Sara Hines Stephens,
à partir de scénarios de Dan Schneider et Steve Holland;
texte français de Marie-Josée Brière.

(Zoé 101)
Traduction de : Back to normal.
Pour enfants de 9 à 12 ans.
ISBN 978-0-439-93554-8

I. Hines-Stephens, Sarah II. Schneider, Dan III. Holland, Steve
IV. Titre. V. Collection : Mason, Jane B. Zoé 101.

PS3613.A793B3314 2006   j813'.54   C2007-904086-1

Édition publiée par les Éditions Scholastic,
604, rue King Ouest, Toronto (Ontario) M5V 1E1.

5 4 3 2 1   Imprimé au Canada   07 08 09 10 11

La rentrée

Chase Matthews roulait à bicyclette sur le campus de la Pacific Coast Academy. Il était un peu triste de voir l'été tirer à sa fin, mais très content d'être de retour en pension, à la PCA. L'odeur iodée de l'océan lui avait manqué, et aussi les palmiers dont les frondes ondulaient doucement dans la brise marine. Mais surtout, il s'était ennuyé de ses amis... et en particulier de Zoé Brooks.

Zigzaguant entre les élèves et les valises à roulettes, Chase scrutait la foule, à la recherche de ses amis. Partout, des jeunes sortaient leurs bagages des voitures, embrassaient leurs camarades, heureux de les revoir, et chargeaient une foule d'objets sur leurs planches à roulettes. Certains se dirigeaient vers les résidences, tandis que d'autres s'attardaient sur la pelouse pour jouer au frisbee. Justement, à propos de frisbee... Chase attrapa le disque au vol, avant de le recevoir sur la tête, et le renvoya à son propriétaire sans même ralentir. Les joueurs de frisbee le remercièrent d'un signe de tête.

Chase finit par apercevoir un de ses amis dans la cohue.

— Ah! le voilà!

Il ralentit, puis s'arrêta devant un fourgon de déménagement pour saluer Logan Reese, le plus gros ego du campus, avec qui il partageait une chambre.

— Chaaaase! Quoi d'neuf?

Logan tapa bruyamment dans la main de Chase et lui asséna une bonne claque dans le dos. Il avait l'air parfaitement décontracté, comme d'habitude, avec sa camisole noire, son short gris et sa chaîne d'argent au cou. Mais il surveillait d'un œil vigilant les nombreuses boîtes que des déménageurs sortaient du fourgon.

— Hé, salut! répondit Chase en souriant et en donnant l'accolade à Logan.

Logan pouvait être un parfait casse-pieds, mais Chase était quand même content de le voir.

— Alors, j'ai entendu dire qu'on était dans la résidence Rigby cette année. T'as vu notre nouvelle chambre? demanda Logan.

— Ouais, elle est super! Heu... C'est quoi, tout ça?

Chase montrait les piles de boîtes et les trois déménageurs occupés à décharger sur le trottoir un impressionnant attirail électronique.

Logan hocha la tête.

— Un petit cadeau de mon vieux, répondit-il comme si de rien n'était. Plus précisément un système de cinéma maison de 15 000 $, avec écran plat de 42 pouces.

Chase, ahuri, vit les deux hommes passer à côté de lui, l'immense écran dans les bras. Tout le monde savait que le père de Logan était riche à craquer. Mais ce « petit cadeau » était quand même un peu exagéré!

— Pour notre chambre? s'écria Chase en avalant sa salive.

Il ne disait pas ça pour se plaindre, mais il ne savait pas trop où ils pourraient mettre tout ce fourbi.

— Eh, oui! On a tout ce qu'il faut pour les jeux vidéo, les films, la musique... répondit Logan en comptant les possibilités sur le bout de ses doigts.

— Hé, les gars!

Une voix familière interrompit les rêveries électroniques de Logan. Les garçons se retournèrent vers le troisième occupant de leur chambre, qui fonçait sur eux les bras grands ouverts.

— Michael! s'écria Chase avec enthousiasme.

Il n'avait pas vu son meilleur ami – et son plus grand complice! – depuis trop longtemps.

— Quoi d'neuf, Miguel? demanda Logan avec sa nonchalance habituelle.

— Les gars!

Michael, le visage barré de son sourire légendaire, attrapa Chase par le cou et tapa dans la main de Logan. Il portait une chemise jaune, que faisait ressortir le sac de messager orange vif qu'il portait sur l'épaule.

— Alors, comment s'est passé ton été? demanda Logan.

— Ouais, ça m'a manqué de pas voir ta tête à claques tous les jours! ajouta Chase, taquin.

Mais c'était la pure vérité.

— Et moi, ce qui m'a manqué, c'est ta tête enflée! rétorqua Michael en tapotant la masse de boucles brunes de Chase. Hé! elle a encore grossi?

Chase passa la main dans sa tignasse. Il avait toujours

porté ses boucles plutôt longues, mais il devait admettre qu'elles avaient beaucoup poussé pendant l'été.

— C'est possible, répondit-il en haussant les épaules. Mais toi, raconte-moi ce que t'as fait cet été. Je veux tout savoir!

— Ben, voyons voir... Au début de l'été, j'ai commencé à travailler avec mon père, juste pour l'aider à...

— Hé, Chase! coupa une fille en passant près d'eux. Zoé te cherchait derrière le centre des sciences.

— Zoé?

Chase n'eut pas besoin de se le faire dire deux fois.

Michael parlait toujours. Mais aussitôt que Chase eut entendu le nom de Zoé, la voix de son ami commença à s'estomper. Bientôt, il n'entendit plus qu'un murmure indistinct, semblable au bourdonnement d'un moustique dans son oreille. Il enfonça son casque de vélo sur sa tête et enfourcha sa bicyclette.

— En tout cas, le travail était plutôt ennuyant au début, mais après quelques semaines...

Michael s'interrompit en voyant Chase s'éloigner à toute vitesse.

— Ça m'a fait plaisir de te parler! lança-t-il à son ami, qui disparaissait rapidement.

Chase, qui pédalait de toutes ses forces, arriva bientôt au sommet de la colline et aperçut les cheveux blonds de Zoé à côté de la crinière noire de Nicole, sa compagne de chambre. Les deux filles tiraient et poussaient tour à tour leurs énormes sacs vers les résidences.

— Zoé! Hé, Zoé! cria Chase en agitant la main.

Zoé se retourna et sourit.

— Chase! répondit-elle.

« Ah! quel beau sourire! » se dit Chase. Puis, « Aïe! Qu'est-ce que c'est que ces marches? ». Une seconde plus tard, il déboulait l'escalier. Il s'envola avec son vélo avant d'aller atterrir durement au bas des marches.

— Ça va? demanda Zoé, qui avait laissé tomber son sac et s'était précipitée pour aider Chase à se relever.

— Ça va, ça va, ça va, répétait Chase, en espérant que ce soit vrai. Y avait des marches...

Il secoua la tête en marmonnant et s'épousseta. Il réussissait beaucoup trop souvent à avoir l'air d'un parfait imbécile devant Zoé. Heureusement, elle ne semblait pas s'en formaliser.

— Alors, c'est comme ça qu'on va commencer chaque nouvelle année scolaire? demanda Zoé avec un sourire narquois.

Elle et Chase s'étaient rencontrés de la même façon l'année précédente, quand il avait foncé dans un mât avec sa bicyclette.

Chase rougit un peu en se rappelant combien il avait été distrait en la voyant pour la première fois. Zoé était aussi jolie que ce jour-là, avec son t-shirt rouge et sa jupe en denim. De toute manière, elle était toujours jolie...

Nicole s'était hâtée d'aller les rejoindre.

— Wow! T'as fait tout un vol plané! C'était super! s'exclamat-elle avec son enthousiasme habituel – comme si Chase l'avait fait exprès pour se ridiculiser!

— Oui, fit Chase avec le plus grand sérieux, c'est amusant de voir Chase se blesser. Après le souper, il va marcher en équilibre sur le bord d'une falaise, puis tomber dans le vide. Assurez-vous d'avoir de bonnes places!

Les filles éclatèrent de rire.

— Alors, vous êtes dans la même résidence que l'an dernier? demanda Chase.

— Non, fit Zoé en secouant la tête. On est dans Brenner cette année.

— Brenner? Cool, fit Chase en approuvant de la tête.

— Et c'est encore plus cool que tu le penses, s'empressa d'ajouter Nicole. Zoé et moi, on a une chambre pour nous toutes seules!

— Où est Dana? demanda Chase, qui avait fini par s'habituer aux manières brusques de la troisième occupante de la chambre.

— Elle a été acceptée dans un programme d'échange avec des étudiants européens, expliqua Zoé.

Elle était contente de partager sa chambre avec Nicole seulement, mais Dana lui manquerait quand même un peu. On finissait par s'attacher à cette fille.

— Ouais! Elle s'en va étudier à Paris pour le semestre, renchérit Nicole. Et c'est super parce qu'elle n'arrivera sûrement pas à me tomber sur les nerfs depuis la France.

— Hmmm... Regardez pas, mais y a une grosse boîte avec des petites jambes qui s'en vient vers nous, dit Chase en pointant le menton vers l'énorme boîte de carton qui s'avançait en titubant dans leur direction.

— Oh, c'est Dustin, expliqua Nicole en haussant les épaules.

— Il est dans sa phase « Je suis un gros macho », expliqua Zoé en levant les yeux au ciel, avant de crier en direction de son petit frère, beaucoup trop chargé :

— Hé, Dustin! Ça va?

La grosse boîte tomba par terre avec un bruit sourd, et la tignasse blonde de Dustin apparut au dessus.

— Ouais, répondit-il, haletant, en se penchant pour voir par-dessus la boîte. C'est rien, ça!

Il souleva de nouveau la boîte et continua d'avancer péniblement vers les résidences.

— Eh bien, allons voir notre nouvelle chambre! lança Nicole, qui semblait sur le point d'exploser. Je suis tellement excitée!

— Elle est excitée, fit Zoé en montrant sa copine, qui se précipitait déjà en la laissant avec Chase.

— Tellement excitée, renchérit Chase. En tout cas, heu... Je pensais que, peut-être, on pourrait se voir... Je veux dire, heu... On pourrait tous se rencontrer plus tard au Sushi Rox... Enfin, heu... Si tu veux...

Le Sushi Rox, c'était le restaurant japonais de l'école.

— Certainement. J'ai hâte que tu me racontes ton été, acquiesça Zoé.

Elle s'était vraiment ennuyée de Chase pendant les longues vacances.

— Ouais, et toi, le tien. Bon, ben, alors à plus. Heu... Je t'appelle tout à l'heure.

Maintenant que Zoé avait accepté son rendez-vous, il devait s'en aller avant de dire une sottise.

— Parfait, dit Zoé en s'éloignant.

— Hé! fit Chase derrière son dos. T'as l'air vraiment cool!

Encore mieux que dans son souvenir...

— Toi aussi, répondit Zoé en se retournant.

Elle regarda Chase de plus près et ajouta :

— Est-ce que tes cheveux ont encore poussé?

— J'ai déjà entendu ça, quelque part, admit Chase en passant la main dans sa masse de cheveux bouclés.

Il était peut-être temps qu'il aille chez le coiffeur...

Zoé lui sourit encore une fois et ramassa ses bagages.

Chase la suivit des yeux quelques instants avant de s'éloigner sur sa bicyclette.

Il ne restait plus que Dustin, encombré de l'énorme boîte de carton. Croulant sous le poids, il trébucha et tomba, la grosse boîte par-dessus lui.

— À l'aide, quelqu'un! fit-il d'une voix assourdie. Y a un gars sous la boîte! cria-t-il aux élèves qui enjambaient précautionneusement les bras et les jambes qui dépassaient de la boîte.

CHAPITRE 2

La nouvelle chambre

— Regarde-moi ça! s'exclama Nicole. J'addôôôre notre nouvelle chambre! Et toi?

Elle courait partout en examinant la pièce dans ses moindres recoins.

— Elle est cool, admit Zoé.

La chambre était décorée dans des tons de violet et d'orangé, avec des rayonnages de formes géométriques montés sur les murs.

— Oh! On voit le court de tennis d'ici! s'écria Nicole en admirant la vue. Ça veut dire qu'on va pouvoir regarder les gars de l'équipe de tennis s'entraîner! Ils jouent parfois sans t-shirt, tu sais!

— Qui ça, qui joue sans t-shirt? fit soudain une voix grinçante qu'elles connaissaient bien.

Zoé et Nicole sursautèrent. En parcourant la pièce des yeux, elles découvrirent un écran plat sur un des murs, avec une petite caméra montée au-dessus. Et, sur l'écran, un visage qu'elles n'auraient certainement pas pu oublier les regardait fixement.

— Quinn? demanda Zoé en regardant de plus près leur amie à lunettes.

— Bonjour, Zoé! Bonjour, Nicole! répondit Quinn en agitant la main.

— Bonjour. Heu... Pourquoi est-ce qu'on peut te voir? demanda Nicole.

— J'ai branché un système de vidéo bidirectionnel entre les chambres pour qu'on puisse se parler en tout temps, répondit Quinn.

Quinn était le petit génie en résidence de la PCA. Elle inventait constamment des trucs et des machins, tous plus bizarres les uns que les autres.

— Super! fit Zoé, qui n'était pas vraiment enchantée d'avoir une caméra dans sa chambre – ni de pouvoir parler à Quinn en tout temps...

— Et c'est en haute définition! ajouta Quinn avec fierté. Regardez la qualité de l'image!

Elle s'approcha un peu de la caméra.

— Je vous parie que vous pouvez voir l'intérieur de mon nez, jusqu'à mon cerveau!

Quinn pencha la tête vers l'arrière et avança ses narines vers la caméra.

Nicole et Zoé se regardèrent. L'image qui apparaissait à l'écran était un peu... dérangeante. Elles n'avaient pas particulièrement envie de regarder l'intérieur du nez de Quinn!

— Alors, dans quelle résidence es-tu? demanda Zoé pour changer de sujet.

— Brenner! Je suis votre voisine!

Le visage de Quinn disparut brusquement de l'écran, puis

apparut une seconde plus tard à leur porte.

— Vous voyez? s'écria Quinn.

Avant que Zoé et Nicole aient le temps de répondre, elle était repartie, ses petites tresses battant l'air.

— Et me revoici! gloussa-t-elle en réapparaissant à l'écran.

— Et te revoilà, constata Nicole.

Franchement, ça faisait un peu trop de Quinn pour elle.

Pour Zoé aussi.

— Ouais, bon, heu... Alors, comment est-ce qu'on l'éteint, ton machin?

— Y a seulement moi qui peux l'éteindre, d'ici, répondit Quinn d'une voix douce en brandissant une petite boîte noire. Salut!

Elle pointa la télécommande vers l'écran, appuya sur un bouton, et le téléviseur s'éteignit.

— On a une Quinn-évision, dit Zoé lentement en levant les yeux au ciel, aussitôt imitée par Nicole.

— Ça m'en a tout l'air, fit Nicole, abasourdie.

La chambre qu'elle partageait avec Zoé était tout à coup beaucoup moins privée...

En entendant frapper à la porte, Zoé se retourna, certaine que c'était encore Quinn. Mais cette fois, c'était Coco, la surveillante de la résidence.

— Bonjour, les filles.

— Bonjour, répondirent Zoé et Nicole en souriant à ce visage familier.

— Je voulais simplement vous dire que je serai encore votre surveillante cette année, dit leur aînée de sa voix râpeuse avant de prendre une gorgée de sa bouteille d'eau.

— Oh, je pensais qu'on en aurait une nouvelle, dit Zoé en se tournant vers Nicole.

Elle ne voulait pas paraître déçue, mais Coco n'arrêtait pas de les enquiquiner au sujet des heures de fermeture de la télé, et elle n'était pas toujours aimable.

— Eh bien, tu te trompais, fit Coco brusquement. Hé, comment trouvez-vous ce pantalon, sur moi? poursuivit-elle en pivotant sur elle-même pour faire admirer le pantalon sous tous ses angles.

— Hmmm... fit Zoé, en cherchant la bonne réponse. Très bien.

— Ouais, c'est ce que je me disais aussi, approuva Coco. Bien. J'étais aussi venue vous annoncer que vous auriez une nouvelle compagne de chambre, ce soir ou demain matin.

— Mais, attends! On pensait qu'on aurait la chambre à nous deux toutes seules, coupa Zoé, interloquée.

— On veut pas de nouvelle compagne de chambre, s'empressa d'ajouter Nicole.

— Eh bien, si les désirs étaient des rêves, les souhaits s'envoleraient, répliqua Coco du tac au tac.

Il y eut un moment de silence un peu embarrassé tandis qu'elles essayaient toutes les trois de comprendre le sens de cette maxime. Puis Coco leva la main.

— J'ai aucune idée de ce que ça veut dire, admit-elle en tournant les talons. Faut que j'y aille, lança-t-elle derrière son épaule avant de disparaître.

— Mais c'est affreux! dit Nicole, qui commençait déjà à paniquer. On vient de perdre le tiers de notre espace de penderie, pour une fille sûrement très ordinaire qu'on connaît même pas.

— Calme-toi, tu veux? répliqua Zoé.

Elle réussirait peut-être à trouver une solution, mais Nicole devait d'abord arrêter de s'énerver.

— Non, j'en veux pas de cette compagne de chambre, parce que j'en ai déjà eu une l'an dernier avec qui je m'entendais pas. Qui te dit que celle-ci sera pas encore pire? fit-elle d'une voix où l'inquiétude perçait de plus en plus.

Zoé devait reconnaître que Nicole avait un peu raison. Les rapports entre Dana – leur ancienne compagne de chambre – et Nicole avaient été tellement houleux, au début de l'année, que Zoé était allée coucher ailleurs pendant quelques nuits. Elles devaient s'assurer que les choses se passent mieux cette fois.

— D'accord, j'ai une idée, fit Zoé.

— Oh, tant mieux! Je savais que tu trouverais quelque chose. Alors, c'est quoi? supplia Nicole, impatiente d'entendre l'idée qui calmerait ses nerfs à vif.

C'était très simple.

— On va tout simplement aller au bureau des résidences et demander à choisir nous-mêmes notre compagne de chambre.

Nicole parut soulagée.

— Ooohh! Comme ça fait plaisir à entendre!

Si elle et Zoé pouvaient choisir avec qui elles partageraient leur chambre, elles se retrouveraient sûrement avec quelqu'un de bien!

Une bouteille à la mer

Zoé et Nicole poussèrent la grande porte vitrée et sourirent à la dame assise derrière le bureau.

— Bonjour! C'est bien ici, le bureau d'administration des résidences? demanda Zoé d'un ton qu'elle s'efforçait de rendre le plus amical possible.

— Et vous êtes Mme Burvitch? ajouta Nicole pour plus de sûreté.

— Mademoiselle, corrigea la dame d'un ton sévère en les regardant toutes les deux par-dessus ses lunettes. Qu'est-ce que vous voulez? grommela-t-elle.

— Heu... un instant, s'il vous plaît, fit Nicole en prenant Zoé à part. Ça marchera pas, murmura-t-elle. Elle a l'air bête!

— Détends-toi...

Il fallait que Nicole reste calme, si elles voulaient avoir une chance de réussir.

— On n'a qu'à s'organiser pour qu'elle nous adore. C'est pas très difficile, hein?

Zoé se retourna et sourit de nouveau à la dame au regard assassin.

— Eh bien, mademoiselle Burvitch... commença-t-elle en jetant un coup d'œil aux alentours. Vous avez un très joli bureau, ajouta-t-elle en s'assoyant.

Ce qui était une grossière exagération... En réalité, la pièce était très ordinaire, mis à part une petite étagère murale remplie de minuscules bouteilles. Mais Zoé n'avait rien trouvé de mieux.

— Je le déteste, répondit Mlle Burvitch sans se laisser amadouer.

— Eh bien... – Zoé devait trouver une autre tactique, et vite! – Vous mériteriez certainement d'en avoir un plus beau.

— Oui, approuva la dame-hérisson. Je mériterais aussi d'avoir un mari, mais j'ai pas eu un seul rendez-vous avec un homme depuis neuf ans.

Mlle Burvitch retira ses lunettes et regarda les deux filles d'un air mauvais.

Les choses s'annonçaient plus difficiles que Zoé l'avait prévu.

— Est-ce que je peux faire quelque chose pour vous? demanda la dame à voix basse.

— Heu, oui, commença nerveusement Nicole. Vous voyez, on vient d'apprendre qu'on aurait une nouvelle compagne de chambre, et on espérait qu'on pourrait vous faire des suggestions...

Mlle Burvitch ne la laissa même pas terminer.

— Les élèves n'ont pas le droit de choisir leurs compagnes de chambre. C'est moi qui fais ça, dit-elle en haussant les sourcils, comme pour les mettre au défi de la contredire.

C'était un désastre. Zoé regarda de nouveau autour d'elle.

Elle devait absolument trouver quelque chose.

— Est-ce que ce sont des bouteilles de parfum? demanda-t-elle en regardant de plus près l'étagère remplie de flacons délicats.

— Oui, pourquoi? répondit Mlle Burvitch en regardant Zoé d'un air soupçonneux.

— Parce qu'elles sont vraiment cool, fit Zoé en s'approchant pour mieux voir. Vous les collectionnez?

Elle faisait de son mieux pour avoir l'air vivement intéressée.

— On dirait des antiquités, dit Nicole, qui avait suivi Zoé.

Elle avait compris rapidement le nouveau plan d'attaque et y participait avec son enthousiasme habituel.

— Ce sont des antiquités, en effet. Mon arrière-grand-mère a acheté ce flacon-ci en 1907, au cours d'un voyage à Prague.

Mlle Burvitch s'était approchée à son tour des flacons de parfum et en montrait un du doigt. Elle ne souriait pas encore, mais au moins, elle parlait. Elles étaient peut-être sur la bonne piste...

— C'est fascinant! fit Nicole en hochant la tête.

— Et celui-ci, ajouta Mlle Burvitch, un peu réticente, a été soufflé par une Norvégienne manchote.

— Soufflé... répéta Nicole, épatée.

Mlle Burvitch fit un petit sourire.

Les deux filles ouvraient de grands yeux étonnés. Pas parce qu'elles ne croyaient pas aux histoires de bouteilles de Mlle Burvitch. Parce qu'elles n'en revenaient pas que leur plan commence à fonctionner!

Pendant ce temps, à la résidence Rigby, les déménageurs étaient partis, et Chase et Michael s'affairaient à transporter l'immense téléviseur de Logan dans sa nouvelle demeure – c'est-à-dire dans leur chambre – pendant que Logan accrochait au mur une photo de lui-même.

— Ce système de cinéma maison a l'air super, les gars! fit-il en s'arrachant à la contemplation de son propre visage pour regarder ses deux amis d'un air approbateur.

— Tu pourrais donner un coup de main, tu sais, suggéra Chase.

Logan trouvait toujours le moyen d'échapper aux corvées...

— Ouais, je pourrais, approuva Logan. Mais je m'en vais me chercher un lait frappé. À plus!

Chase et Michael haussèrent les épaules. De toute manière, ils ne s'attendaient ni l'un ni l'autre à ce que Logan les aide. Ils prirent une poignée de câbles de différentes grosseurs et poursuivirent leurs branchements.

— Hé, où est-ce que je branche la prise d'entrée audio du DVD? demanda Chase en brandissant un câble derrière l'écran.

— Heu... Essaie la fiche auxiliaire numéro un, suggéra Michael en feuilletant le manuel d'instructions.

— D'ac...

À l'instant même où Chase insérait son câble, un épouvantable grincement se fit entendre sur tout l'étage. Les garçons se bouchèrent les oreilles, et Chase débrancha le câble en vitesse.

— Essaie la fiche auxiliaire numéro deux, proposa Michael, penaud.

Il n'avait jamais été très habile pour déchiffrer les manuels techniques...

— Vous savez, je me demande lequel est le plus joli : celui-ci, de la Suède, ou celui-là, du Venezuela, dit Zoé en montrant deux magnifiques petits flacons.

— Comment décider? fit Nicole en écho, les mains levées comme si elle capitulait.

— Disons que c'est un match nul!

Mlle Burvitch souriait maintenant pour vrai. Elle paraissait absolument ravie d'avoir un tel problème sur les bras – et deux admiratrices qui pensaient comme elle!

— Hourra! s'exclama Nicole en tapant des mains.

— Alors...

Zoé était prête à changer de sujet. Elle espérait que l'administratrice des résidences serait désormais plus ouverte à leur demande.

— Oui? demanda Mlle Burvitch comme si elle venait de s'éveiller en plein milieu d'un rêve merveilleux.

— Eh bien, on était juste un petit peu nerveuses à l'idée d'avoir une nouvelle compagne de chambre... articula Zoé lentement, soucieuse de ne pas brusquer les choses.

— Oui, enfin... Vous ne pensez pas que vous pourriez nous laisser... commença Nicole.

— Choisir avec qui on va vivre? termina Zoé.

— Eh bien... fit Mlle Burvitch en haussant de nouveau les sourcils. C'est tout à fait contraire à ma politique.

— Mais...

Zoé la sentait sur le point de céder. Elle ne résistait plus que pour la forme.

— Mais je pense qu'on peut faire une exception, fit Mlle Burvitch en retournant à son bureau.

— Vraiment?

— Génial!

Zoé et Nicole se regardèrent, excitées.

— Je vais faire sortir le dossier de votre résidence à l'ordinateur, et on pourra regarder la liste des filles qui n'ont pas encore de chambre, ajouta Mlle Burvitch, qui remit ses lunettes et ouvrit son portable.

— Ce serait vraiment gentil, dit Zoé, reconnaissante.

— Vous êtes super! renchérit Nicole, les bras en l'air.

Dans son enthousiasme, elle accrocha la petite étagère sur laquelle était posée la précieuse collection. L'étagère s'écroula, entraînant dans sa chute tous les flacons de verre anciens.

Mlle Burvitch porta la main à sa poitrine. On aurait dit qu'elle venait de perdre un ami très cher, ou un membre de sa famille.

Nicole était abasourdie.

— Heu... Hmmm... Votre étagère est décrochée, articula-t-elle péniblement.

Mlle Burvitch ne dit pas un mot. Comme une automate, elle se dirigea vers la zone sinistrée en écrasant des fragments de verre sous ses talons.

Zoé devait absolument trouver un moyen de limiter les dégâts.

— Bon, heu... C'est terrible, évidemment... Alors, si vous pouviez simplement nous laisser choisir notre compagne de chambre...

— Dehors! hurla Mlle Burvitch en leur montrant la porte.

Nicole et Zoé ne se le firent pas dire deux fois. Il ne leur restait plus qu'à se sauver en courant!

Que la fête commence!

À Rigby, la musique jouait à tue-tête et la fête battait son plein. Les nouveaux joujoux technologiques de Logan fonctionnaient très bien. C'était tout à fait génial... à condition de ne pas vouloir faire ses devoirs.

— Mais qu'est-ce... fit Michael, éberlué, en entrant dans la chambre.

Il y avait des jeunes qui dansaient. D'autres qui sirotaient des boissons gazeuses. Et d'autres encore qui regardaient des extraterrestres voler sur l'écran géant et se faire abattre. Dustin était complètement obnubilé par le jeu vidéo auquel il jouait.

Il fallut une bonne minute à Michael pour repérer Chase au milieu du chaos, en train de taper sur son portable.

— Chase!... Chase!!! hurla Michael pour couvrir le vacarme, en essayant d'attirer l'attention de son ami.

Chase finit par lever les yeux.

— Hé! cria-t-il.

— Qu'est-ce que tous ces gens-là font ici? demanda Michael tandis que le bruit d'une explosion secouait la pièce.

— Ils sont venus voir le système de cinéma maison de

Logan! cria Chase en retour.

— Eh bien, le volume est trop fort...

Michael fut interrompu de nouveau par des explosions et des bips technotroniques.

— Quoi?

Chase ne comprenait pas un mot. Le volume était presque au maximum. C'était aussi intense qu'un concert rock!

— J'ai dit que le volume était trop...

Michael secoua la tête et se dirigea vers Logan.

— C'est trop...

Logan n'entendait rien non plus, mais c'était peut-être parce qu'il était en train de parler à une fille.

— Hé! Hé! HÉ!!!

Michael avait dû crier pour attirer l'attention de Logan.

— Quoi? aboya Logan en se retournant brusquement, furieux d'être interrompu.

La fille s'éloigna discrètement.

— Tu veux baisser le volume un peu? demanda Michael en montrant le système.

— Hein?

Logan semblait perplexe. C'était quoi, le problème?

— J'ai dit « TU VEUX BAISSER LE VOLUME UN PEU? », répéta Michael en hurlant à pleins poumons.

— Oh! fit Logan, qui avait enfin compris. Non.

Il secoua la tête et s'éloigna pour voir comment Dustin se débrouillait avec son jeu vidéo.

— Je vais t'avoir! criait Dustin en direction de l'écran, complètement absorbé par le jeu et inconscient de tout ce qui se passait autour de lui. Tiens, des torpilles!

Dustin appuya sur un bouton de sa télécommande, et les torpilles atteignirent leur cible. BOUM!

— Wow! Niveau 47, pas mal! dit Logan en notant le classement du jeune garçon.

Il se tira une chaise pour pouvoir suivre la bataille.

— Pas mal? C'est super! fit Dustin, gonflé à bloc.

— Peut-être, mais y a 100 niveaux dans ce jeu-là, précisa Logan en tapant sur l'épaule de Dustin. T'es loin d'avoir fini.

— Écoute, fit Dustin sans s'émouvoir. J'ai 10 ans. J'ai tout mon temps.

Dustin entreprit le niveau suivant. Autour de lui, la fête continuait.

— Je t'assure, tu devrais vraiment te passer la soie dentaire deux fois par jour.

Nicole s'était lancée dans une de ses tirades habituelles sur l'hygiène dentaire tandis qu'elle et Zoé retournaient à leur chambre. Elles avaient toutes deux décidé d'oublier l'épisode de Mlle Burvitch et de s'organiser avec la compagne de chambre dont elles finiraient bien par hériter. Mais elles ne l'avaient pas encore rencontrée...

En mettant le pied dans leur chambre, elles se rendirent compte tout de suite que quelque chose avait changé. D'abord, il y avait des bougies allumées sur toutes les surfaces libres. Et une fille aux cheveux blancs hérissés, avec un anneau dans le nez et des vêtements noirs dans le plus pur style gothique, était assise en tailleur par terre. Elle était, elle aussi, entourée de bougies et faisait de grands cercles avec les bras.

— Bonjour, fit Zoé en tâchant de cacher sa surprise. Est-ce qu'on se connaît? demanda-t-elle, perplexe.

— Non, répondit la fille avec impatience, tout en continuant d'agiter les bras.

Elle avait au moins une dizaine de colliers d'argent autour du cou.

— Alors, intervint Nicole à son tour, pourrais-tu nous dire pourquoi t'es assise en plein milieu de notre...?

— Chut! murmura l'étrange fille. J'essaie de parler aux morts.

Elle paraissait contrariée, comme si les autres auraient dû deviner.

Zoé et Nicole échangèrent des regards inquiets. Qu'est-ce que c'était que ça?

— Bon, mais comment t'appelles-tu? tenta de nouveau Zoé, en allant cette fois-ci droit au but.

— Lola, répondit la fille en agitant ses bijoux d'argent.

Elle ne souriait pas. On aurait dit que ses lèvres maquillées de noir étaient figées dans un rictus permanent.

— C'est moi votre nouvelle compagne de chambre, ajouta-t-elle, d'un ton sinistre.

Nicole était bouche bée. Zoé ouvrit de grands yeux étonnés. Lola poursuivit ses étranges psalmodies en direction du ciel.

C'était encore pire que tout ce que Zoé et Nicole avaient pu imaginer. Leur nouvelle compagne de chambre était une espèce de reine des ténèbres bizarroïde!

Une fille pas ordinaire

Zoé fixait la fille assise par terre. L'année dernière, elle et Nicole avaient dû s'habituer à la mauvaise humeur de Dana, qui était en fait plutôt gentille, une fois qu'on la connaissait. Et cette année, elles avaient hérité de cette... de cette morte-vivante! Du coup, elles se prirent à regretter Dana.

Lola se leva. Elle ramassa ses bougies et les souffla une par une. Elle marchait d'un pas lourd, comme si elle faisait elle-même partie des morts à qui elle cherchait à parler.

Zoé, qui s'efforçait de rester calme, la regardait parcourir la chambre.

— Alors... dit-elle, incertaine de ce qu'elle devait dire. T'es notre nouvelle compagne?

— Ouais, répondit Lola sans s'émouvoir, comme si elle était une fille comme les autres.

Elle posa délicatement une bougie blanche sur une petite table.

Nicole parcourut des yeux les tableaux suspendus au mur. Elle les trouvait plutôt... effrayants. Elle avait l'impression d'être dans une maison hantée.

— Je vois que t'as déjà accroché tes... œuvres d'art, dit-elle avec un frisson, en examinant les tableaux de plus près.

Lola regarda autour d'elle, satisfaite.

— Oh, oui! Tu les aimes? demanda-t-elle en esquissant un sourire de ses lèvres noires.

Zoé regarda à son tour les tableaux. L'un d'eux, rouge sang, était balafré de coups de pinceau qui ressemblaient à des branches. Un autre, d'un vert qui évoquait la pourriture, s'ornait d'une énorme flaque rose en plein centre. Juste à les regarder, Zoé en avait froid dans le dos. Mais elle ne voulait pas être impolie avec cette nouvelle compagne de chambre, aussi bizarre qu'elle soit.

— Hmmm... C'est joli... marmonna-t-elle.

Nicole se pencha vers Zoé.

— Et inquiétant, compléta-t-elle avec une moue, comme si elle venait d'avaler quelque chose de pourri.

Zoé était exactement du même avis.

— Merci, dit Lola, toute fière. J'ai fait celui-ci moi-même, ajouta-t-elle en montrant un tableau particulièrement étonnant. C'est mon chat.

— Ton chat?! demanda Zoé, incrédule.

On aurait dit plutôt un bol de céréales qui serait resté trop longtemps sur le comptoir.

— Oui, confirma Lola en se dirigeant vers le petit réfrigérateur. Après l'accident, ajouta-t-elle d'une voix macabre.

Zoé regarda Nicole, alarmée. Mais elle devait rester calme. Puisque Lola allait partager leur chambre, il faudrait bien qu'elles trouvent un moyen de s'entendre.

— Alors, est-ce que c'est la première fois que t'es pensionnaire? demanda-t-elle en s'efforçant de se montrer accueillante.

Lola sortit une boîte d'œufs du frigo.

— Non, dit-elle en secouant la main. L'année dernière, j'étais dans l'État de New York.

Elle déposa les œufs sur la table, à côté d'un grand verre. Elle ouvrit la boîte, en sortit un œuf et le cassa. Gloup! L'œuf glissa dans le verre.

— Et pourquoi t'es partie? demanda Nicole, nerveuse, désolée que la fille ne soit pas restée là-bas.

Par comparaison, Dana était soudain la compagne de chambre idéale.

Lola cassa un autre œuf dans le verre.

— Eh bien, légalement, je suis pas censée en parler, dit-elle sur un ton de conspiratrice. Disons seulement qu'un certain prof est tombé dans l'escalier, malgré ce que tout le monde a dit.

Nicole ouvrit de grands yeux étonnés. Cette fille n'était pas seulement bizarre, elle était dangereuse!

— Elle a poussé un prof dans l'escalier! chuchota-t-elle, paniquée, à l'oreille de Zoé.

— Chut! protesta Zoé.

Elles ne devaient surtout pas laisser Lola soupçonner qu'elles avaient peur d'elle... même si elles n'étaient pas très rassurées.

— Eh bien, en tout cas... dit Zoé un peu trop fort. Moi, c'est Zoé.

— Nicole, ajouta Nicole en essayant de retenir les

tremblements dans sa voix.

Lola cassa un troisième œuf dans le verre. Elle regarda les deux filles à travers sa frange effilochée et prit le verre plein d'œufs, qu'elle avala comme si c'était du jus d'oranges fraîchement pressées. Elle déposa ensuite le verre avec un geste théâtral et fit claquer ses lèvres.

Zoé et Nicole la fixaient, totalement dégoûtées. Leur nouvelle compagne de chambre était décidément de plus en plus déconcertante...

Le lendemain, Zoé et Nicole étudiaient avec Quinn, Chase et Michael. Zoé leur avait décrit leur nouvelle compagne de chambre entre deux problèmes de maths.

— Elle a bu les œufs? demanda Chase avec une grimace, en secouant sa tête bouclée.

— Des œufs crus! précisa Zoé en égrenant la grosse grappe de raisins posée devant elle.

— D'accord, elle est bizarre, admit Chase.

— Très! renchérit Nicole avec emphase.

Elle n'en revenait toujours pas qu'elle et Zoé soient obligées de partager leur chambre avec une fille aussi sinistre. Nicole se voyait comme une personne normale et gentille, qui voulait seulement faire le genre de choses que font toutes les adolescentes. Qu'avait-elle fait pour mériter ça?

Quinn remonta sur son nez ses petites lunettes à monture carrée.

— En fait, les œufs crus sont une excellente source de protéines. Tant qu'ils sont frais et qu'ils ne sont pas contaminés par la salmonelle, ils font un assez bon goûter à haute teneur énergétique, expliqua-t-elle en souriant.

Elle-même ne mangeait pas régulièrement d'œufs crus, mais du point de vue scientifique, il y avait toutes sortes de bonnes raisons de le faire.

— Elle parle aussi aux morts, ajouta Zoé d'un ton neutre, les bras croisés sur la table.

Personne ne réussirait à lui faire croire que cette fille était normale.

Quinn eut un frisson, et les petites plumes ornant le bout de ses nattes se mirent à osciller légèrement.

— D'accord, ça, c'est bizarre, admit-elle à son tour.

— J'aimerais quand même mieux vivre avec elle qu'avec Logan, intervint Michael, qui semblait exaspéré.

Il tourna une page de son manuel en essayant de s'enlever de la tête le bruit assourdissant du système de son de Logan. Il avait l'impression de l'entendre en permanence!

— Tu peux le dire! fit Chase en serrant son crayon entre ses doigts.

Michael lui jeta un regard noir.

— J'y peux rien, moi! ajouta Chase, excédé.

Zoé et Nicole se regardèrent. Qu'est-ce que ça voulait dire, exactement?

— Alors, Logan refuse toujours d'éteindre son système à un milliard de dollars? demanda Nicole.

Elle devait admettre qu'elle n'aimerait pas du tout partager une chambre avec Logan, même sans son système tonitruant.

— Oui, dit Chase, qui en avait manifestement plus qu'assez.

— Je te jure, il a fait jouer ça à tue-tête jusqu'à trois heures du matin. J'ai pas pu dormir, se plaignit Michael. Et quand je dors pas assez, je suis d'une humeur massacrante.

Chase approuva de la tête, ce qui fit tressauter ses boucles brunes.

— En effet. Vous allez voir! Alors, Michael, quoi d'neuf? demanda-t-il en agitant la main dans un geste pourtant tout à fait amical.

Michael le regarda à nouveau d'un œil mauvais.

— Fiche-moi la paix, grogna-t-il.

— Vous voyez? souligna Chase en montrant l'expression contrariée de Michael.

— D'une humeur massacrante, confirma Michael en souriant.

Ils faisaient semblant, bien sûr. Mais Logan et son système de cinéma maison ne les faisaient pas rire du tout. En fait, Michael était sur le point de lancer le système par la fenêtre. Et tant pis s'il valait une fortune!

— Alors, qu'est-ce que vous allez faire au sujet de Lola? demanda Chase pour changer de sujet.

Juste à penser au bruit d'enfer que faisait ce système, il en avait mal à la tête. Et puis, s'il pouvait aider à Zoé à régler son problème, elle serait contente. Et il serait content lui aussi, du même coup.

— Je vais te le dire, ce qu'on va faire, dit Nicole d'un air déterminé.

Mais elle n'alla pas plus loin.

— Alors, qu'est-ce qu'on va faire? demanda-t-elle en se tournant vers Zoé.

Zoé était prête.

— Eh bien, après les cours, je me suis dit qu'on pourrait aller la trouver pour lui expliquer que, si elle veut jouer les excentriques, c'est son affaire... mais qu'elle ne peut pas faire ça dans notre chambre.

Elle prit un autre raisin bien juteux et se le mit dans la bouche. Ça ne pouvait pas être très difficile...

— Parfait, approuva Nicole, soulagée.

Zoé savait toujours ce qu'il fallait faire. C'était une de ses plus grandes qualités.

— En effet, dit Zoé, d'un ton décidé, même si elle était beaucoup moins convaincue qu'elle voulait bien le laisser paraître.

Il y avait quelque chose qui clochait dans son plan, quelque chose qu'elle n'arrivait pas à cerner. Mais comme elle n'avait pas de meilleure idée, elle allait suivre celle-là.

Nicole sentit l'inquiétude la gagner de nouveau.

— C'est toi qui vas lui parler, hein? demanda-t-elle à Zoé, un peu nerveuse.

— Bien sûr, dit Zoé.

Elle s'attendait à cette question. Nicole détestait les confrontations.

— Oh, merci! dit Nicole en poussant un grand soupir de soulagement.

Quand Zoé et Nicole retournèrent à leur chambre, un peu plus tard, Lola était assise à une table, dans un coin de la pièce, et leur faisait dos.

— Lola, on a quelque chose à te dire, commença Zoé très

calmement.

Lola marmonna quelque chose dont Zoé ne comprit pas un mot. On aurait dit qu'elle avait la bouche pleine de dentifrice ou de nourriture, ou quelque chose de ce genre.

— Hein? demanda Zoé.

— Qu'est-ce que tu fais? demanda Nicole en avançant d'un pas.

Lola se retourna sur sa chaise pivotante. Elle avait une grosse pince métallique dans la bouche et tenait à la main une longue tige de métal avec un cercle à une extrémité. Elle retira la pince et sourit à Zoé et Nicole.

— Je me perce la langue, annonça-t-elle.

— Tu te perces la langue? répéta Zoé, en essayant de cacher son dégoût.

— Dans notre chambre? ajouta Nicole en portant une main à sa poitrine.

Quelle horreur!

Lola fit comme si elles n'étaient pas là. Puis son visage s'éclaira comme si elle venait d'avoir une idée géniale.

— Hé! Est-ce qu'une de vous deux pourrait tenir ça pendant que je passe l'aiguille dedans? demanda-t-elle d'une voix enjouée.

Zoé regarda Nicole, l'air de dire : « C'est vraiment pire que je le pensais! ».

— S'il te plaît, Nicole! poursuivit Lola.

— Noooon! fit Nicole, en criant presque. Pas question que je me salisse avec ton sang!

— Bébé lala! lança Lola.

— Écoute, intervint Zoé, les bras croisés, si tu dois

absolument faire ça, c'est ton affaire, mais pourrais-tu le faire ailleurs, s'il te plaît?

La bonne humeur de Lola disparut instantanément.

— Bon, écoutez, dit-elle en s'avançant vers Zoé et Nicole. C'est ma chambre autant que la vôtre. Et si je veux me passer une aiguille au travers de la langue, je vais le faire. Et je vais le faire ici, dans ma chambre.

Elle sortit la langue et y replaça le cercle de métal, comme pour leur montrer où elle allait percer son trou.

— Ahhhh... dit-elle d'une voix forte.

Zoé comprit soudain ce qui clochait dans son plan. Lola avait raison. La chambre n'était pas seulement à elle et à Nicole. C'était aussi sa chambre à elle. Bien sûr, Lola était étrange, et elle faisait des choses très déconcertantes. Mais elle avait parfaitement le droit de faire des choses déconcertantes dans sa propre chambre – même si ça les dérangeait au plus haut point.

— Ah, oui? répliqua Nicole. Eh bien... Zoé a quelque chose à te dire à ce sujet-là.

Elle donna à Zoé une petite tape sur l'épaule.

— Hein, Zo?

Nicole fixait Lola d'un air inquiet, en attendant que Zoé se décide à lui dire sa façon de penser.

Zoé regarda Nicole, puis Lola. Puis, sans un mot ni à l'une ni à l'autre, elle tourna les talons et sortit de la pièce.

Nicole resta plantée là, sans comprendre ce qui venait de se passer. Zoé était censée remettre Lola à sa place!

— Heu... Je dois prendre ma... chose... bredouilla-t-elle en reculant d'un pas. Dans la chose...

Sur cette excuse plutôt lamentable, elle fit demi-tour et se rua vers la porte. Elle devait absolument trouver Zoé!

Zoé l'attendait furieuse, à la porte de la résidence. Nicole se précipita vers elle.

— Bon, je voudrais surtout pas critiquer, mais t'as pas été très dure avec elle, dit-elle.

Zoé lui jeta un regard mauvais.

— Eh bien, qu'est-ce que tu voulais que je dise? demanda-t-elle, exaspérée. Elle a un peu raison.

— Quoi??? demanda Nicole, interloquée.

— C'est sa chambre, en effet, autant que la nôtre, expliqua Zoé.

C'était malheureusement la stricte vérité...

Nicole resta un instant silencieuse. C'était un argument valable. Valable et très contrariant.

— Alors, elle a le droit de nous donner la chair de poule quand elle le veut? demanda-t-elle, en s'efforçant de ne pas penser à tout ce que Lola était capable de faire pour y arriver.

— Sais pas, admit Zoé, terriblement frustrée.

— Eh bien, il faut que tu trouves une solution! lança Nicole.

Zoé n'avait pas son pareil pour trouver des solutions, d'habitude. Elle fronça les sourcils. Elle s'était toujours considérée comme une personne décidée. Mais à certains moments, elle aurait bien aimé que quelqu'un prenne les choses en main à sa place.

— Pourquoi est-ce que c'est toujours moi qui dois trouver des solutions à tout? demanda-t-elle, mécontente.

— Parce que c'est comme ça. Je te signale les problèmes,

et tu les règles. C'est un bon système, et je vois pas pourquoi on le changerait, dit Nicole sans s'émouvoir.

Zoé devait reconnaître que c'était vrai. C'était elle qui avait fait accepter les filles dans l'équipe de basket. C'était elle qui avait trouvé une solution quand Dana et Nicole passaient leur temps à se chamailler l'année dernière. Elle avait même réussi à prendre sa revanche sur Stacy, une finissante qui lui avait piqué son idée de sacs à dos.

Zoé poussa un long soupir.

— D'accord, concéda-t-elle. Mais ce sera pas facile, cette fois. Il me faudra peut-être un peu plus de temps pour régler ce problème-là.

Nicole regarda en direction de la résidence et réprima un frisson.

— En tout cas, en attendant, j'ai pas très envie de dormir là.

— Moi non plus, avoua Zoé.

Lola apparut à la porte de la résidence.

— Hé, les filles, pourriez-vous jeter un coup d'œil pour me dire si ma langue est complètement percée? demanda-t-elle comme si de rien n'était.

— Non, dit Nicole.

— Pas question, ajouta Zoé en fronçant les sourcils. Beurk!

CHAPITRE 6

En camping

Pendant ce temps, à la résidence Rigby, la fête se poursuivait dans la chambre de Logan. Dustin était toujours assis devant l'immense téléviseur, agrippé à la télécommande dont il enfonçait frénétiquement les touches. Logan circulait dans la pièce pour s'assurer que tout le monde s'amusait et admirait son nouveau système de cinéma maison. Dans un coin, Michael et Chase essayaient d'étudier.

— Alabama! cria Michael à tue-tête, penché tellement près de Chase qu'il pouvait presque compter ses caries.

Ils répétaient leur leçon de géographie.

— Euh, capitale : Montgomery! hurla Chase en hochant la tête, certain d'avoir la bonne réponse.

— Quoi? demanda Michael.

— Montgomery! répéta Chase encore plus fort.

— C'est ça! approuva Michael, qui avait enfin compris. Bon, ensuite, heu...

Il arrivait à peine à penser, avec tout ce bruit.

— Tennessee!

— Memphis!

— Non, Nashville, corrigea Michael en fronçant les sourcils.

— Quoi? cria Chase.

— Nashville!

Chase fronça les sourcils, perplexe.

— C'est qui, ça, Phil? hurla-t-il à son ami.

Michael gémit. Il n'en pouvait plus!

— Ça suffit! s'écria-t-il.

Il referma brusquement son livre, repoussa sa chaise et se dirigea d'un pas décidé vers Logan, qui était debout, près de Dustin, et surveillait ses progrès.

— Donne-moi cette télécommande, ordonna Michael à Logan en essayant de la lui enlever des mains.

Il n'était généralement pas aussi autoritaire, mais... Aux grands maux, les grands remèdes!

Logan regarda Michael comme s'il avait été un vulgaire moustique.

— Non, répliqua-t-il en dégageant son bras. Et puis, arrête de nous déranger, ajouta-t-il, impatient. Cet enfant-là est génial!

Il leva le poing en l'air, puis désigna Dustin, qui ressemblait lui-même à un zombie d'un jeu vidéo.

— À quel niveau es-tu rendu? demanda-t-il.

— Soixante-dix-neuf! répondit Dustin sans quitter l'écran des yeux et sans lâcher sa télécommande. Non, attends... 80!

— Youppiii! s'exclama Logan.

Un groupe de jeunes levèrent le poing à leur tour, en signe de victoire.

Chase était maintenant à côté d'eux et regardait fixement

Logan. Il en avait plus qu'assez!

— Au moins, baisse le volume! dit-il, sur un ton qui se situait quelque part entre le commandement et le gémissement.

Logan leva les yeux au ciel. Certainement pas!

— Et toi? Pourquoi est-ce que tu baisses pas le volume de ta voix? demanda-t-il, railleur.

Qu'est-ce qu'ils avaient donc, ces deux-là? Ils n'étaient pas capables de profiter de la vie?

— Ça suffit! dit Chase.

Il n'en revenait pas! Bien sûr, Logan avait un ego plus grand que la résidence et ne pensait pas toujours aux autres, mais il n'avait jamais été aussi détestable aussi longtemps.

— Je refuse de dormir ici, indiqua Chase sur un ton aussi menaçant que possible.

— Moi aussi, renchérit Michael.

Malheureusement, Logan s'en fichait éperdument.

— Vraiment? demanda-t-il, narquois. Alors, où est-ce que vous allez dormir?

Michael regarda Chase. Logan avait raison de poser la question. Et ils ne savaient pas quoi répondre.

— Où est-ce qu'on va dormir? demanda Michael en écho.

Chase garda le silence quelques instants. Il y avait sûrement sur le campus un endroit où deux gars expulsés de leur chambre pourraient aller se réfugier. Mais où?

Une heure plus tard, Chase était étendu dans sa tente, à une dizaine de pieds de celle de Michael. Ils s'étaient installés au beau milieu d'une des pelouses de la PCA.

Chase se recroquevilla dans son sac de couchage jaune

et respira l'air de la nuit. C'était tellement calme ici, et nettement plus silencieux que dans leur chambre. À l'exception des grillons, on n'entendait pas un bruit.

— Chase, appela Michael.

Chase ne répondit pas, trop occupé à profiter de la tranquillité de la nuit. Ou du moins, à essayer...

— Chase! insista Michael.

Michael ne lâchait pas, décidément!

Chase se retourna et sortit la tête de la tente.

— Quoi? demanda-t-il en faisant de son mieux pour cacher son exaspération.

Il avait l'impression que Michael n'avait jamais fait beaucoup de camping. Il lui avait fallu une éternité pour monter sa tente.

— J'aime pas ça, être tout seul ici, dit Michael.

Chase leva les yeux au ciel. Ils n'étaient pourtant pas dans le fond des bois...

— Tais-toi et dors, suggéra-t-il.

— J'ai essayé, insista Michael.

— Eh bien, essaie encore, dit Chase.

Michael n'allait quand même pas le garder éveillé toute la nuit?

Chase regagna son sac de couchage. Il venait de s'assoupir quand son cellulaire sonna. C'était Michael. Encore! Contrarié, Chase répondit au téléphone.

— Allô! grogna-t-il.

— Y a une bestiole dans ma tente! se plaignit Michael, qui semblait un peu paniqué.

— Ben, tue-la! suggéra Chase calmement.

— Pas question! répliqua Michael, offusqué.

— Pourquoi pas? demanda Chase.

— Elle a probablement une famille, dit Michael le plus sérieusement du monde, en s'assoyant dans sa tente.

— C'est un in-sec-te! répliqua Chase.

C'était une blague, hein?

— Les insectes aussi ont des enfants, dit Michael d'un ton grave.

Chase réfléchit quelques secondes. C'était possible.

— Mais peut-être aussi que c'est une horrible bestiole très méchante que les autres bestioles détestent, et peut-être que tu deviendrais leur héros si tu lui enlevais la vie.

— Attends! s'écria Michael.

Chase gémit intérieurement. Bon, qu'est-ce qu'il y avait encore?

— Quoi?

— J'entends quelque chose à côté de ma tente, dit Michael.

— C'est probablement le vent, répondit Chase, rassurant.

— Mais si c'était un ours? demanda Michael d'une voix paniquée.

— Demande-lui d'écraser ta bestiole, grommela Chase.

Son compagnon était presque aussi énervant que le stupide système de cinéma maison de Logan!

Michael tendit l'oreille. Il y avait très certainement quelque chose dehors.

— Je vais voir ce que c'est, annonça-t-il à Chase.

« N'importe quoi, pourvu que tu lâches le téléphone! »

pensa Chase. Michael était un bon ami, mais en ce moment, il était en train de le rendre fou. Chase avait déjà un compagnon de chambre qui lui tombait sur les nerfs. Il n'en avait pas besoin de deux!

Michael prit son énorme lampe de poche verte. Elle lui servirait au moins à se défendre. Il ne savait pas ce qu'il y avait dehors, mais c'était sûrement... gros! Il voyait des ombres bouger sur les parois de sa tente.

Il referma son téléphone et rampa pour sortir de son sac de couchage en s'exhortant au courage. Il s'immobilisa devant la porte de sa tente et prit une longue inspiration. Puis...

— Aaaaaah! hurla-t-il en jaillissant de sa tente.

— Aaaaaah!

Zoé et Nicole bondirent vers l'arrière, totalement paniquées, aveuglées par une lumière vive. Quelqu'un les attaquait!

Michael était tellement occupé à hurler et à agiter les bras qu'il ne voyait pas qui était là.

— Aaaaaah! cria-t-il encore une fois.

Chase sortit de sa tente à son tour et joignit sa voix aux hurlements de Michael. Il y avait manifestement une bande de maniaques qui se baladaient sur le campus!

Tout à coup, Michael s'immobilisa, les yeux écarquillés. L'« ours » qui se tenait devant lui n'était nul autre que Nicole et Zoé. Il avait eu la peur de sa vie à cause de deux filles!

— Ça alors! fit-il, pantelant. J'ai failli mouiller mon pantalon!

— C'est toi qui nous as sauté dessus, avec ta lampe de poche géante! protesta Zoé en cherchant à reprendre son souffle.

Elles marchaient bien tranquillement quand Michael avait surgi devant elles.

— Vous m'avez fait peur! rétorqua Michael.

— Ben, toi aussi, figure-toi! dit Nicole avec véhémence.

— Mais qu'est-ce que vous faites ici? demanda Chase.

Il était toujours ravi de voir Zoé, quelle que soit l'heure. Mais il ne s'attendait pas à ce qu'elle soit ici avec Nicole au beau milieu de la nuit.

— On a essayé d'aller vous voir à votre chambre, dit Zoé.

Ce n'était pourtant pas leur faute si les deux garçons avaient décidé de dormir dehors, sous la tente. Ou si Michael avait paniqué et les avait attaquées!

— Et Logan a dit que vous dormiez dehors, sous la tente.

Nicole fit un geste en direction des tentes plantées sur la pelouse.

— Alors, ça fait une demi-heure qu'on vous cherche, dit Zoé.

Elle commençait à en avoir par-dessus la tête. D'abord, les bizarreries de Lola, puis cette promenade forcée dans la nuit.

— Oui. On voulait vous demander une faveur, expliqua Nicole sans détour.

— Laquelle? demanda Chase.

Il ne pouvait rien refuser à Zoé... ni à Nicole, d'ailleurs.

— Est-ce qu'on peut dormir dans une de vos tentes? demanda Zoé d'une toute petite voix.

— Pourquoi? demanda Michael.

Il voulait des explications. Ce n'était pas exactement d'usage que les élèves de la PCA passent la nuit dehors, sur le campus.

— Parce qu'on veut pas dormir dans la même chambre que cette folle de Lola, dit Nicole avec emphase, en agitant les bras. C'est hors de question!

— Je pensais que vous alliez régler le problème? fit remarquer Chase.

Zoé n'avait pas l'habitude de laisser tomber quand elle entreprenait quelque chose. Que s'était-il passé?

— Eh bien, on n'a pas réussi, dit Zoé, tout simplement.

Elle n'avait pas envie d'entrer dans les détails. Il était tard, elle était fatiguée, et leur nouvelle compagne de chambre la rendait folle!

— Alors, est-ce qu'on peut prendre une de vos tentes?

— S'il vous plaît? implora Nicole.

Chase haussa les épaules.

— Certainement, prenez la mienne.

Mais Michael était trop heureux de pouvoir profiter d'une tente sans bestioles.

— Non, prenez la mienne, offrit-il.

Le visage de Nicole s'éclaira. Enfin, un endroit où dormir!

— Youpi! Tu viens, Zo?

Elle attira son amie dans leur résidence temporaire. Mais, quelques secondes plus tard, deux cris à glacer le sang résonnèrent dans la nuit. Les parois de la tente se mirent à bouger violemment, comme si elles étaient agitées par un tremblement de terre.

— Tue-la!

— Non, toi, tue-la!

— Pousse-toi!

— Aïe!

— Oups, désolée!

— Où est-ce qu'elle est allée?

— La voilà!

— Tue-la!

Nicole et Zoé jaillirent hors de la tente comme si elles étaient poursuivies par un monstre. Un instant plus tard, Michael sortit de la tente des garçons, l'énorme lampe de poche toujours à la main. Chase arriva une seconde plus tard en sautillant dans son sac de couchage.

— Qu'est-ce qu'il y a? demanda-t-il aux deux filles.

— Qu'est-ce qui se passe? ajouta Michael, même s'il en avait une assez bonne idée...

— Y a une méga-giga-bestiole là-dedans! fit Zoé en se frottant les bras au cas où l'horrible insecte serait toujours sur elle.

Nicole, de son côté, agitait frénétiquement les bras et les jambes.

— Vraiment? demanda Michael en feignant l'étonnement.

Zoé secoua la tête. Elle en avait par-dessus la tête!

— Bon, ça suffit! dit-elle.

— Ouais! approuva Nicole, qui n'avait pas la moindre idée de ce dont Zoé voulait parler. Qu'est-ce que tu veux dire? poursuivit-elle.

— Je veux dire qu'on était là bien avant cette fichue Lola, et qu'on va pas lui laisser le plaisir de nous chasser de notre propre chambre! répondit Zoé, déterminée.

— Bravo!

Nicole sourit. Zoé était enfin prête à se battre! Le seul problème, c'est que ce n'était pas facile de se battre contre Lola.

— Et qu'est-ce que tu vas faire? demanda Nicole.

Zoé soupira. Elle en avait marre de s'occuper de tout, même si c'était leur système.

— On va aller dire à notre reine des ténèbres de commencer à se comporter comme une personne humaine, ou alors de s'en retourner chez les morts-vivants!

— Ouiiii! s'exclama Nicole.

Zoé pivota sur ses talons et se hâta vers la résidence Brenner. Il ne lui fallut qu'une seconde pour constater que Nicole ne l'avait pas suivie. Elle fit demi-tour, attrapa Nicole par le bras et la tira vers la résidence. Elle devait y aller maintenant, avant de changer d'idée. Et elle avait besoin du soutien moral de Nicole.

— Bonne chance! lança Chase derrière elles.

Il jeta un coup d'œil à Michael et se sentit soudain très fatigué.

— Je retourne me coucher, annonça-t-il.

Michael était tout seul sur la pelouse. Il regarda sa tente, puis celle de Chase. Et il se glissa sous la tente de son ami.

— Va dormir dans ta tente! grommela Chase.

— Y a une bestiole là-dedans! protesta Michael.

Chase ne voulait rien entendre.

— Dehors! ordonna-t-il en montrant la porte du doigt.

Michael sortit en rampant de la tente de Chase. Il brandit bien haut sa lampe de poche et entra dans sa propre tente.

— Aaaaaaah! hurla-t-il.

Les parois de la tente recommencèrent à bouger de plus belle.

CHAPITRE 7

La fête est finie

Lola, avachie sur le divan de la chambre, pieds nus, bavardait calmement au téléphone. Ses compagnes de chambre n'étaient nulle part en vue.

— Non, je t'assure... Elles ont tout gobé. Tu devrais me voir! disait-elle à son amie, à l'autre bout du fil.

Il fallait absolument qu'elle raconte son exploit à quelqu'un. Elle avait vraiment bien réussi son coup! Quelles filles crédules, ces deux nouilles!

Lola se passa les doigts dans sa longue chevelure sombre striée de rose. Elle était tellement absorbée par sa conversation qu'elle n'entendit pas la porte s'ouvrir. Nicole et Zoé entrèrent dans la chambre.

— Je suis toujours habillée en noir et je me suis fait des cheveux vraiment affreux... Et puis, je me suis mis un faux anneau dans le nez. Ouais, je te jure!

Zoé plissa les yeux en regardant la fille étendue sur le divan. Alors, tout ça n'était qu'une blague?

— Ouais, elles sont tellement paniquées qu'elles veulent pas coucher dans la même chambre que moi! Ouiii! Je t'assure, je vais mériter mon premier Oscar avant mes 14 ans. Et... Oh! Ah, oui, demain...

Zoé avait tout compris. Lola n'était pas bizarre du tout. Elle était simplement menteuse et manipulatrice. Et Zoé n'aimait pas se faire manipuler. Furieuse, elle claqua la porte à toute volée.

Lola, étonnée, tourna la tête et aperçut enfin ses compagnes de chambre, qui la regardaient d'un air furibond. Aïe! Aïe! Aïe!

— À plus! lança-t-elle au téléphone avant de raccrocher en vitesse.

Elle attrapa sa perruque sur la table basse et se la planta sur la tête.

— Salut! dit-elle de sa voix la plus lugubre.

— Ça suffit, Lola, dit Zoé sans rire, en traversant la pièce en quelques enjambées.

Elle n'endurerait pas cette mascarade une minute de plus.

— Si c'est bien ton vrai nom, ajouta Nicole, soupçonneuse, en s'approchant derrière Zoé.

Pour qui se prenait-elle, cette fille? Ce n'était pas correct, de mentir à ses compagnes de chambre!

— Parce que c'est de toute évidence pas tes vrais cheveux, fit remarquer Zoé.

Lola avala sa salive et retira sa perruque.

— Booonjjjour, dit-elle en tâchant de prendre un ton amical.

Si elle ne pouvait plus faire semblant d'être gothique, elle pourrait peut-être les amadouer par sa gentillesse.

— Alors, tout ça, c'était du cinéma?

Zoé n'en revenait toujours pas. Quel genre de personne ferait une chose pareille?

— Oui, reconnut Lola en haussant les épaules.

— Pourquoi? demanda Nicole.

— Parce que je suis actrice, répondit Lola.

Elle était une actrice née, c'était aussi simple que ça. Elle avait ça dans le sang.

— Ah, oui? demanda Zoé en croisant les bras pour attendre la suite. Et puis?

— Eh bien, c'était un exercice parfait, raconta Lola. J'ai décidé de jouer un personnage totalement différent de ce que je suis, pour voir si vous y croiriez.

Nicole était perplexe.

— Tu y comprends quelque chose, toi? demanda-t-elle à Zoé.

— Non, répondit Zoé.

Enfin... Elle comprenait à peu près. Mais c'était un peu trop tordu à son goût.

— Pensez-y, poursuivit Lola, radieuse. Combien de fois avez-vous eu la chance d'arriver à une nouvelle école où absolument personne vous connaissait?

Son plan avait fonctionné à la perfection!

— Heu, est-ce que tu pourrais arrêter de poser des questions et répondre aux nôtres? fit Nicole.

Elle avait déjà assez de mal à comprendre ce qui se passait!

— Arrête de tourner autour du pot! dit Zoé en s'avançant vers Lola.

C'était presque aussi frustrant que son numéro de morte-vivante...

— Écoutez, je me doutais que j'étais douée pour le théâtre, mais maintenant, je sais que je suis géniale! Parce que je vous ai fait avaler très facilement l'idée que j'étais une espèce de gothique bizarroïde!

Lola semblait ravie de son succès de comédienne.

— Mais t'es vraiment bizarroïde! Il faut l'être pour faire une chose pareille! cria Zoé, exaspérée.

— Ouais, qui est-ce qui ferait semblant d'être une psychopathe simplement pour voir si les autres vont la croire? demanda Nicole, qui avait finalement compris — et qui était soudain très fâchée, elle aussi.

— Moi! ricana Lola, le visage illuminé comme un gâteau d'anniversaire rempli de bougies. Comme je suis bonne!

Zoé lança à Lola un regard dégoûté. Incroyable!

Le bruit qui provenait de la chambre de Logan était assourdissant. C'était la méga fête, sur le campus même de la PCA. Dustin était toujours rivé à son siège, agrippé à la télécommande, en train de jouer à son jeu vidéo. Et il marquait encore des points à la tonne.

— Niveau 98! annonça-t-il, survolté.

— Quatre-vingt-dix-huit? s'exclamèrent les spectateurs. Vas-y, le jeune!

Michael et Chase passèrent la porte, les traits tirés, mais bien décidés à reprendre possession de leur chambre.

— Hé, c'est mes copains! les salua Logan comme s'il s'était attendu à leur retour.

Il était content de les voir. Ils avaient sûrement compris que son système de cinéma maison était presque aussi super que lui-même. Mais il ne put se retenir de les taquiner un peu.

— Je pensais que vous alliez déménager dans une tente, quelque part.

Michael secoua la tête.

— Non! On y a pensé, et puis on a décidé de venir nous amuser avec toi.

Il passa le bras autour des épaules de Logan et le fit balancer d'avant en arrière.

— Ouais, approuva Chase. Monte-moi ça un peu! lança-t-il avec enthousiasme, en prenant l'énorme télécommande des mains de Logan.

Il appuya huit fois sur le bouton du volume.

— Hé! protesta Logan. C'est un peu trop fort!

Michael secoua la tête. C'était presque parfait!

— Non, c'est cool! insista-t-il. Plus fort, Chase! ordonna-t-il à son ami.

À l'autre bout de la pièce, les doigts de Dustin s'agitaient à la vitesse de l'éclair.

— Niveau 99! annonça-t-il.

Il touchait au but. Il se voyait déjà au niveau 100!

Chase appuya de nouveau sur le bouton du volume. La musique jouait à tue-tête.

— Ooohh, baisse ça un peu! supplia Logan, les mains sur les oreilles.

Chase se contenta de sourire calmement.

— Pas question! refusa-t-il.

C'était enfin lui qui avait la situation en mains.

Dustin était surexcité. Il arrivait à peine à suivre ses propres doigts!

— Je vais l'avoir! s'exclama-t-il. J'arrive au niveau 100!

— Monte les basses! cria Michael.

Chase augmenta le volume des basses au maximum. Baboum! Ba-boum! C'était tellement fort que les murs en tremblaient.

— Baisse ça! hurla Logan, qui semblait complètement assommé par le bruit.

— Pourquoi? demanda Chase, l'air innocent.

Logan aimait la musique forte, non?

Une lampe glissa soudain d'une table et alla s'écraser par terre. Une photo de Logan dégringola du mur. Et toutes les lumières de la pièce se mirent à clignoter.

Puis, toutes les lumières de Rigby se mirent à clignoter à leur tour... avant de s'éteindre complètement. La chambre de Logan – comme la résidence tout entière – fut plongée dans l'obscurité.

— Bonne nuit, Michael, dit Chase d'une voix enjouée.

— Fais de beaux rêves, Chase, répondit Michael.

Il y eut un instant de silence. Puis...

— J'avais presque réussi... gémit Dustin, découragé.

Logan fulminait dans l'obscurité. La fête ne faisait que commencer! Et maintenant, il n'y avait plus rien, et son système était peut-être brisé!

— Vous allez me payer ça! déclara-t-il.

CHAPITRE 8

Deuxième acte

Lola entra dans la chambre, sa trousse à maquillage à la main. Maintenant qu'elle n'avait plus à s'habiller en gothique, elle portait un ensemble coloré, agrémenté de colliers de grosses billes et d'un grand béret rouge.

— B'jour, mesdames, lança-t-elle à Zoé et à Nicole. J'ai terminé mon maquillage en 34 minutes, un record. Vous venez déjeuner avant le cours?

— Certainement, répondit Zoé.

— Allons-y, dit Nicole, qui était prête, elle aussi.

Zoé regarda Nicole.

— Attends un peu, c'est ma blouse, ça? demanda-t-elle d'un ton accusateur.

Nicole parut soudain nerveuse.

— Heu, ouais, mais écoute...

— Tu sais ce que je pense des emprunts de vêtements, ajouta Zoé sans tenir compte de ses protestations.

Elle semblait vraiment furieuse.

— Eh bien, qu'est-ce que tu vas faire? riposta Nicole, d'un ton provocateur.

— Les filles... coupa Lola pour essayer de calmer la situation.

Zoé jeta un regard dur à Nicole.

— Bon, tu l'auras voulu... annonça-t-elle.

Une demi-seconde plus tard, elle avait pris Nicole par le cou et l'avait fait tomber. Mais Nicole n'allait pas se laisser faire sans résister. Les deux filles roulèrent par terre comme deux lutteuses professionnelles, à grands renforts de coups de pied, de coups de poing et de claques retentissantes.

— Hé, les filles! Arrêtez! hurla Lola.

Les deux combattantes étaient vraiment déchaînées, et elle n'avait aucune idée de ce qu'elle devait faire. Fallait-il aller chercher Coco? S'interposer?

— Vous êtes folles, ou quoi? Ça suffit! Vous allez vous massacrer, toutes les deux!

Zoé et Nicole roulèrent soudain sur le dos en se tenant les côtes.

— Bon, qu'est-ce qui se passe? demanda Lola, qui ne comprenait plus rien... et qui n'avait vraiment pas l'air de trouver ça drôle!

Zoé se releva et tendit la main à Nicole. Elles mirent toutes deux de l'ordre dans leurs vêtements et regardèrent Lola avec un grand sourire.

— On faisait semblant, c'est tout, expliqua Zoé avec bonne humeur.

— Ouais. On voulait juste voir si t'allais nous croire, ajouta Nicole en jetant un regard admiratif à Zoé. T'es bonne, tu sais!

— Toi aussi, répondit Zoé en lui rendant le compliment.

Elle regarda Lola, l'air de dire : « On t'a bien eue! » et

sortit de la chambre avec Nicole.

Lola resta seule au milieu de la pièce. Elle n'en revenait pas. Elle s'était fait battre à son propre jeu. Elle était encore en train de réfléchir à ce retournement de situation quand Zoé et Nicole passèrent la tête par la porte.

— Hé! appela Nicole.

— Tu viens déjeuner, oui ou non? ajouta Zoé.

Maintenant qu'elles avaient fait match nul, elles étaient prêtes à faire plus ample connaissance avec leur nouvelle compagne de chambre. C'était peut-être une chic fille, après tout, sous ses dehors de tragédienne.

Lola sourit et les suivit.

CHAPITRE 9

Dans le bon vieux temps

Quand Zoé entra dans la classe de M. Bender avec Lola, quelques jours plus tard, les garçons étaient déjà là, penchés sur un livre qui semblait les amuser beaucoup.

— Hé! salua Zoé.

Elle déposa son sac à dos et s'assit à côté de Chase.

— Hé!

— Quoi d'neuf?

— Salut!

Les garçons levèrent à peine les yeux. Ils étaient trop occupés à rigoler.

— Qu'est-ce qui vous fait rire comme ça? demanda Zoé, curieuse.

Elle s'approcha pour essayer de voir ce qu'ils regardaient.

— Oh, fit Chase, qui avait enfin remarqué les filles, c'est juste un vieil album-souvenir de la PCA.

— Il date d'une vingtaine d'années, expliqua Logan, qui tourna une page et montra une photo où des jeunes se promenaient sur le campus. Hé, regardez le pantalon de ce gars-là!

Le garçon en question portait un ample pantalon de jogging jaune vif, avec un chandail assorti.

— C'est quoi, ça? demanda Chase, qui ne pouvait pas s'imaginer dans un ensemble aussi ample et aussi voyant.

Jamais de la vie! Le type avait l'air d'une abeille.

Zoé retint son rire en regardant les autres photos de la page. La mode était vraiment abominable, à l'époque. Et les vêtements n'en étaient qu'un élément.

— Oh, wow! Regardez la coiffure géante de ce prof-là! dit-elle en montrant un professeur arborant une crinière impressionnante.

À côté de ça, Chase semblait avoir les cheveux coupés en brosse.

Derrière Logan, Michael pointa le doigt vers un autre faux pas vestimentaire.

— Qui pouvait bien porter cette veste fluo? demanda-t-il, éberlué.

— Et pourquoi est-ce que tout le monde portait des vêtements trop grands? demanda Lola.

Tous les gens qui figuraient sur les photos semblaient porter des choses qui ne leur faisaient pas. On n'essayait pas les vêtements avant de les acheter, dans les années 1980?

Les jeunes étaient tellement occupés à rigoler qu'ils ne virent pas M. Bender entrer dans la pièce.

— Qu'est-ce que vous regardez là? demanda-t-il.

— C'est un vieil album-souvenir de l'école, répondit Zoé.

— De l'ancien temps, dans les années 1980, expliqua Chase.

Lola croisa les bras sur son t-shirt noir avec un sourire

narquois.

— On dirait que la PCA était une école pour les quétaines et les nuls, annonça-t-elle.

— Hé! fit M. Bender en se penchant sur le livre. Vous savez quoi? C'est mon album!

Il paraissait à la fois amusé et un peu offusqué.

— Oups! fit Lola, ses grandes boucles d'oreilles argentées dansant sur ses épaules.

Elle n'avait pas voulu insulter M. Bender. Pour un prof, il était plutôt cool.

— Vous avez étudié à la PCA? demanda Zoé, étonnée.

— Oui, pendant six ans! précisa M. Bender.

Il semblait en être fier, comme s'il avait vraiment aimé ses années à la PCA.

— Bon, un instant!

Logan retourna le livre de manière que M. Bender puisse le voir à l'endroit, puis montra une photo d'un jeune garçon avec une imposante tignasse rousse, des lunettes rondes encore plus imposantes et un sourire gêné.

— C'est vous, le gars avec ces ridicules lunettes géantes?

M. Bender agita l'index vers le livre, puis vers les jeunes, mais il était évident qu'il se retenait pour ne pas rire.

— Vous savez, ces lunettes-là étaient tout à fait à la mode, à l'époque, insista-t-il.

— C'est vous? demanda Michael, qui n'en croyait pas ses yeux.

Il regarda la photo de plus près, puis le M. Bender en chair et en os qui se tenait devant lui, et de nouveau la photo.

— Mais oui, c'est bien vous!

Michael rit à gorge déployée pendant quelques secondes, mais il s'arrêta subitement en voyant l'expression de M. Bender. Il se sentait tout à coup un peu nerveux.

— Vous étiez très cool, ajouta-t-il en essayant de paraître sincère.

Zoé et les autres retinrent leurs ricanements. La photo de M. Bender était hilarante.

— Attendez un peu, vous autres! dit M. Bender, les mains sur les hanches.

Il semblait un peu déstabilisé. Comme c'était un des profs les plus cool de la PCA, il n'allait sûrement pas monter sur ses grands chevaux pour si peu... Mais il devait quand même riposter, au moins pour la forme.

— Je vous parie que si des élèves de la PCA regardent votre album-souvenir dans 20 ans, ils vont bien rigoler en voyant comment vous êtes habillés aujourd'hui.

— J'en doute, dit Lola en baissant la tête pour admirer son t-shirt noir à encolure en V, orné d'un mignon cœur rose.

Chase eut soudain une illumination.

— Hé! S'il y a des élèves de la PCA qui regardent notre album-souvenir dans 20 ans, vous pensez qu'ils vont se demander comment on était? demanda-t-il.

C'était une perspective intéressante.

— Probablement, approuva Michael.

Zoé réfléchissait en silence. Elle était à peu près certaine que les futurs étudiants de la PCA seraient curieux d'en savoir plus sur leurs prédécesseurs. Elle avait une idée.

— Vous savez ce qui serait cool? demanda-t-elle pendant

que l'idée se précisait dans sa tête.

— D'être mariée à Orlando Bloom? suggéra Lola.

— Non! répondit Zoé.

Après réflexion, elle dut admettre que Lola avait peut-être raison.

— Enfin... Oui, peut-être.

Mais ce n'était pas à ça qu'elle pensait.

— Si on faisait une capsule-souvenir? proposa-t-elle.

— C'est quoi, une capsule-souvenir? demanda Logan.

Il avait déjà entendu l'expression, mais il ne savait pas vraiment de quoi il s'agissait.

— C'est un contenant dans lequel on place des objets et qu'on enterre ensuite. Et puis, à un moment donné dans l'avenir, des gens vont l'ouvrir et regarder ce qu'il y a dedans, expliqua M. Bender.

— Cool, fit Lola en hochant la tête.

Peut-être pas aussi cool que M. Bender, mais assez cool quand même. Elle aimait bien cette idée, elle aussi.

— Ouais, on pourrait mettre dans la capsule un tas de choses sur nous, et dans 20 ans, des élèves de la PCA pourraient la déterrer et voir à quoi on ressemblait.

Zoé regarda ses amis pour voir ce qu'ils en pensaient. Ça pourrait être vraiment génial!

— Je pense que c'est une excellente idée. On pourrait en faire un projet de classe, répondit M. Bender, conquis.

— Alors, qu'est-ce qu'il faut faire? demanda Lola.

— Vous choisirez chacun un objet qui représente bien ce que vous êtes maintenant, expliqua M. Bender.

— Et ensuite, on mettra tout ça dans un contenant qu'on

enfouira quelque part sur le campus? demanda Zoé.

— Exactement, approuva M. Bender en souriant.

Chase tourna distraitement une autre page de l'album-souvenir des années 1980. Il sursauta.

— Ooohh! Vous étiez meneur de claques, monsieur? demanda-t-il en s'efforçant de ne pas rire.

Une dizaine de têtes se penchèrent pour voir de plus près M. Bender avec ses pompons et ses cheveux bouclés. Le prof se précipita pour s'emparer de l'album.

— Il n'y avait pas de filles ici! protesta-t-il.

Sous les rires de ses élèves, M. Bender ramassa son album-souvenir – et ce qui restait de sa dignité – et alla s'asseoir à son bureau à l'avant de la classe.

Un peu de repos

— Ouais! Oh, ce que t'es beau! Ouais, c'est bon, ça!

Logan tripotait les boutons de son portable pour faire défiler des photos de son sujet préféré : lui-même. Son image s'affichait à la fois sur l'écran de son ordinateur et sur celui de son méga-téléviseur.

— Qu'est-ce que t'en penses, beau gosse? gouailla-t-il tandis qu'une autre image géante de lui-même, vêtu d'une camisole et d'une casquette, apparaissait à l'écran de sa télé.

Sur le divan derrière Logan, Chase et Michael tâchaient de ne pas faire attention à leur ami, absorbé dans la contemplation de sa propre image. Ils fouillaient dans leurs disques, à la recherche d'inspiration. Mais il était difficile de faire abstraction de Logan et de ses quintillions de portraits.

— Il me rend malade, confia Chase à Michael, en jetant un coup d'œil au grand écran que le visage de Logan remplissait entièrement.

Logan n'était pas si mal, mais sa suffisance était bien assez grande pour donner mal au cœur à n'importe quel gars normalement constitué.

Michael lança un regard inquiet à Chase et se glissa furtivement à l'autre bout du divan. Il ne voulait surtout pas se trouver près de son ami si celui-ci devait rendre son dîner.

— Qu'est-ce que tu fais? demanda Chase à Logan.

Il connaissait très bien l'égocentrisme de Logan, mais ce photomontage méritait une petite explication.

— J'essaie de décider quelle photo de moi je vais placer dans la capsule, répondit Logan en passant à l'image suivante sur laquelle il regardait directement l'objectif, les bras croisés au-dessus de la tête. À garder... Bien! constata-t-il en levant le poing en l'air.

Pour lui, peut-être...

— Bon, ça suffit!

Michael s'empara de la télécommande du téléviseur et éteignit l'appareil.

— Je suis pas obligé de regarder tes dessous-de-bras poilus!

— Ouf! Merci! fit Chase, reconnaissant, tandis que l'écran s'assombrissait.

Logan était parfois particulièrement insupportable.

— Et vous, qu'est-ce que vous allez mettre dans la capsule-souvenir? demanda Logan en prenant une boisson gazeuse dans le mini-frigo.

— Ben, on est en train d'écrire une chanson sur notre vie ici, à la PCA, répondit Chase en regardant la pile de disques sur ses genoux.

— C'est moi qui compose la musique, renchérit Michael en faisant virevolter une baguette de batterie.

— Et moi, j'écris les paroles, ajouta Chase.

Il était vraiment content de leur idée, mais la tâche qu'il s'était attribuée s'annonçait beaucoup plus difficile que prévu. Et, jusqu'ici, les disques qu'il avait regardés ne l'avaient pas beaucoup aidé.

— Alors, ça dit : « Je t'aime, Zoé, des orteils jusqu'au bout du nez »? demanda Logan en riant de sa propre imitation de Chase éperdu d'amour.

— Pas du tout! répliqua Chase en riant aussi pour cacher son embarras.

Logan secoua la tête et salua ses deux amis de la main avant de quitter la pièce.

Sitôt Logan sorti, Chase prit un stylo et se mit à écrire. Ça pourrait peut-être servir...

— Tu vas pas écrire ça?! demanda Michael en regardant Chase d'un air horrifié.

Chase déposa son stylo et son bloc-notes aussi vite qu'il les avait ramassés.

— T'allais l'écrire, hein? insista Michael.

Il n'en revenait pas. Ils devaient écrire une chanson cool, pas une ballade à la guimauve!

— Peut-être, avoua Chase, penaud.

— Hé, Zo! Tu viens te coucher? demanda Nicole.

Elles étaient dans le salon de la résidence, et il était tard. Nicole était déjà en pyjama et se dirigeait vers la chambre, une pile de vêtements fraîchement lavés dans les bras.

Zoé farfouillait avec des câbles. Son ordinateur portable était branché à une caméra vidéo posée sur un trépied.

— Pas tout de suite, répondit-elle. Je travaille à ma

contribution, pour la capsule-souvenir.

Elle fit quelques rajustements et enfonça une touche de la caméra.

— D'accord, amuse-toi, dit Nicole en souriant avant de sortir avec sa pile de vêtements.

— N'nuit, répondit Zoé.

Après le départ de Nicole, Zoé se retrouva seule au salon. Parfait. Elle ne serait plus interrompue. Elle s'installa sur le divan, dirigea sa télécommande vers la caméra posée devant elle et appuya sur le bouton d'enregistrement. La lumière rouge s'alluma : Zoé enregistrait.

— Bonjour, je m'appelle Zoé Brooks, dit-elle à la caméra pour se présenter aux gens qui recevraient un jour son message. Si vous regardez ceci, poursuivit-elle en essayant de s'imaginer ces gens, ce sera probablement dans 20 ans. Les choses auront sûrement beaucoup changé depuis mes années à la PCA.

Zoé s'arrêta pour examiner son installation, les yeux plissés. Elle se voyait à l'écran de son ordinateur et pouvait donc savoir instantanément ce qu'elle était en train de graver sur DVD. C'était vraiment cool, la technologie moderne. Mais...

— Hmmm, réfléchit Zoé à haute voix.

Mais la technologie changeait constamment. Est-ce que ça risquait de poser un problème, dans 20 ans?

— J'espère que vous aurez encore des lecteurs de DVD dans l'avenir, parce que sinon, personne n'entendra ce que je dis, blagua-t-elle. En tout cas, personnellement, ce que je préfère à la PCA, c'est passer du temps avec mes amis. Et j'ai de la chance, parce que j'ai des amis extraordinaires...

Zoé s'interrompit. Elle se croyait seule dans le salon, mais elle pouvait voir à l'écran un homme âgé qui s'attardait derrière elle avec son balai et qui agitait le bras comme pour saluer la caméra.

Zoé se retourna lentement.

— Bonsoir, dit-elle un peu inquiète.

Qu'est-ce qu'il lui voulait?

— Qu'est-ce que tu fais? Un enregistrement? demanda l'homme d'une voix éraillée.

— Oui, répondit Zoé.

C'était évident, non?

— C'est pour quoi? demanda-t-il.

— Pour un cours.

— Et c'est sur quoi?

Le vieil homme était décidément bien curieux...

— Heu... Je parle de mes amis, comme ça, répondit-elle en essayant de ne pas se montrer impolie.

Pourquoi voulait-il tout savoir?

— Tu veux que je paraisse dans ton film? demanda le concierge.

Il redressa le col de sa combinaison et lissa ses rares cheveux gris, au cas où elle ferait un gros plan de lui.

— Ben... pas vraiment, répondit Zoé.

Elle voulait surtout qu'il s'en aille pour qu'elle puisse retourner à son projet.

— Bon, de toute manière, je suis occupé, bougonna-t-il en faisant demi-tour pour balayer jusqu'à la porte.

Zoé prit la télécommande et appuya sur le bouton d'arrêt. « Bon! On voudrait pas faire peur aux gens du futur, alors on recommence », se dit-elle avec un vague sentiment de culpabilité.

Le concierge ne faisait sûrement pas exprès d'avoir l'air sinistre, mais...

— Bonjour, je m'appelle Zoé Brooks... recommença-t-elle.

Dans sa chambre, avec Lola, Nicole examinait l'énorme pile de vêtements entassés sur son lit. Elle ramassa une robe de ratine rose à bretelles spaghettis, la retourna dans tous les sens et la relança sur la pile. Elle prit ensuite une robe rose à fleurs bordée d'un liséré de satin.

— Bon, qu'est-ce que tu penses de celle-ci? L'aimes-tu? demanda Nicole en montrant la robe à Lola.

Lola leva à peine les yeux du magazine qu'elle était en train de lire.

— Elle te va bien, répondit-elle distraitement.

Nicole lui montrait ses vêtements depuis des heures... ou, en tout cas, une éternité. Elle ne pouvait pas se décider? Il était tard, et Lola voulait dormir!

— Ouais, dit Nicole sans cesser de contempler la robe, mais ça fait au moins deux mois que je l'ai. Elle est complètement démodée! Qu'est-ce que tu dirais de cette blouse? Tu l'aimes?

Elle tenait une blouse à fleurs rouge et blanche devant le t-shirt de la PCA qu'elle portait pour dormir. La blouse était une de ses préférées.

— Ça me donne plus de poitrine, confia-t-elle à Lola à voix basse.

— Bon, peux-tu m'expliquer pourquoi tu veux mettre tes vêtements dans la capsule-souvenir? demanda Lola.

Elle préférait pour sa part garder ses vêtements dans sa garde-robe et les porter...

— Parce que je suis convaincue que les futurs élèves de la PCA trouveront très intéressant de savoir que j'étais bien habillée, expliqua Nicole.

C'était évident, non?

— T'es tellement profonde, dit Lola avec le plus grand sérieux.

Nicole ne perçut pas le sarcasme de la remarque.

— Merci, fit-elle avec un grand sourire, en lançant la blouse sur son lit. Alors, qu'est-ce que tu mets dans la capsule, toi? ajouta-t-elle.

Lola n'avait pas dit un mot de ses intentions.

— Rien, répondit-elle calmement en retournant à son magazine.

Nicole ouvrit de grands yeux.

— Mais pourquoi pas? demanda-t-elle.

La capsule-souvenir allait être tellement cool! Elle ne pouvait pas concevoir que quelqu'un n'ait pas envie d'y contribuer.

— Parce que, dans 20 ans, je vais être une méga-star de cinéma. Alors, si les gens veulent savoir des choses sur moi, ils n'auront qu'à regarder les émissions de potins, à la télé, expliqua Lola sans se démonter.

— D'accord, mais si tu fournis rien, t'auras zéro, lui rappela Nicole.

— T'en fais pas, je vais m'arranger, répondit Lola, qui ne semblait absolument pas inquiète.

— Mais...

Avant que Nicole puisse continuer à se tracasser pour elle, Lola éteignit la lumière. Il était assez tard.

— Et maintenant, il fait noir, dit Nicole, debout à côté du lit. Qu'est-ce que je vais faire, moi?

— Tu vas te coucher, suggéra Lola.

— D'accord, soupira Nicole.

Elle grimpa sur son lit, poussa sa pile de vêtements et se glissa sous les couvertures.

Le silence se fit. Mais, après quelques secondes, un son qui ressemblait aux grognements d'un ours en hibernation – et en colère! – remplit la pièce. Lola et Nicole poussèrent un gémissement. C'était Quinn qui ronflait... encore!

Lola ralluma brusquement la lumière. Elle en avait assez!

— Est-ce qu'on est censées endurer ça toutes les nuits? demanda-t-elle.

Elle avait besoin de sommeil si elle voulait être à son meilleur. Pour une actrice, c'était essentiel!

— Faites quelque chose, quelqu'un! fulmina-t-elle.

— Mais qu'est-ce qu'on peut faire? demanda Nicole. Lui dire : « Quinn, faut que t'arrêtes de ronfler! »? On peut pas faire ça!

— Pourquoi pas?

Lola sauta de son lit, traversa la pièce et alla donner un coup de poing dans le mur qui les séparait de la chambre de Quinn.

— Quinn, faut que t'arrêtes de ronfler! cria-t-elle.

Elle était bien décidée à continuer de frapper jusqu'à ce que les ronflements s'arrêtent. Elle regarda Nicole et haussa les épaules. Ça en valait la peine. De fait, une demi-seconde plus tard, le silence revint. Elles avaient réussi!

Mais avant qu'elles puissent fêter leur succès, ou au

moins se recoucher, le visage de Quinn apparut sur l'écran qu'elle avait installé dans leur chambre. Elle n'avait pas l'air contente.

— Hé! dit-elle à la caméra, vous voulez bien arrêter de frapper dans le mur? J'essaie de dormir, moi.

CHAPITRE 11

Dis-le!

Zoé goba un raisin. Elle montait l'escalier avec Chase, qui lui parlait de la chanson que Michael et lui étaient en train de composer pour la capsule-souvenir. Ces derniers temps, tous les élèves ne pensaient qu'à cette capsule et aux objets qu'ils allaient y déposer. Des objets qui s'annonçaient très diversifiés, d'après ce qu'on entendait dire un peu partout.

— Alors, je pense que ça va être vraiment cool. Michael a composé une super musique au clavier, et je devrais avoir fini les paroles d'ici demain soir.

Zoé hocha la tête, impressionnée. Une chanson, c'était une idée géniale!

— Alors, est-ce que je vais pouvoir entendre votre chanson avant que vous la placiez dans la capsule? demanda-t-elle en repoussant sa queue de cheval derrière son épaule.

— Peut-être... Peut-être pas, la taquina Chase. Qu'est-ce que tu me donnes en échange?

— Hmmmm, fit Zoé en contemplant son goûter.

Elle prit une petite grappe de ses raisins.

— Une quinzaine de raisins? offrit-elle.

— Marché conclu, fit Chase en souriant avant d'accepter les raisins. Et toi? As-tu fini ton DVD?

— Oui, hier soir, répondit Zoé.

Elle avait dû veiller tard pour le terminer – à cause de l'interruption du concierge! – et avait dû se préparer en vitesse ce matin. Mais personne n'aurait pu le savoir... Elle était tout à fait mignonne, comme toujours, dans sa blouse à manches capes et sa jupe à carreaux.

— Ah, oui? Et qu'est-ce que tu y racontes? demanda Chase, intéressé.

— Oh, je parle de ma vie ici, à la PCA... de mes pensées, de mes amis, de ce que je fais pour m'amuser...

En fait, Zoé avait raconté une foule de choses. La réalisation du DVD lui avait demandé plus de réflexion que prévu.

— De tes amis? répéta Chase, curieux.

Ce qui l'intéressait vraiment, c'était de savoir si elle avait dit quelque chose à son sujet. Mais il ne voulait pas avoir l'air d'insister.

— Hmm-mm, répondit Zoé en hochant la tête.

— Ah, bon! Alors... T'as parlé de Nicole, de Lola... et de Quinn... tâtonna Chase.

C'était plus fort que lui.

— Ouais. De toi, aussi, et de Michael. Et même de Logan, un peu, admit Zoé en levant les yeux au ciel.

Elle avait été la première étonnée d'avoir mentionné Logan.

— Vraiment? Alors, qu'est-ce que t'as dit sur... tout le monde?

Chase s'efforçait de prendre un ton neutre, même s'il

mourait d'envie d'en savoir plus.

— Oh, différentes choses sur différentes personnes... fit Zoé, évasive.

Elle se demandait un peu où Chase voulait en venir. Elle avait dit quelques mots sur chacun.

— Bien sûr. C'est normal. Quand t'as parlé de Logan, par exemple, je suppose que t'as mentionné que c'était un égocentrique de la pire espèce... dit Chase pour essayer de lui tirer les vers du nez.

— C'est ça...

Zoé commençait à comprendre pourquoi Chase la cuisinait ainsi. Il voulait savoir ce qu'elle avait dit sur lui!

— Tandis que, quand t'as parlé de... de moi, par exemple... t'as dû dire... Qu'est-ce que t'as dit?

Voilà! Il l'avait laissé échapper!

Zoé lui fit un sourire taquin. Elle savait ce qui intéressait Chase à ce point, mais elle avait fait son DVD pour qu'il soit vu et entendu dans l'avenir.

— Je te le dis pas! dit-elle.

— Oh, oui, tu me le dis! répliqua Chase, plein d'espoir.

— Désolée! chantonna Zoé. Allez, viens, le cours va commencer.

Elle était ravie de le voir ainsi sur des charbons ardents.

— Allez! S'il te plaît! Qu'est-ce que t'as dit sur moi? implora-t-il derrière Zoé qui s'éloignait déjà.

— Tu le sauras dans 20 ans, répliqua Zoé en tournant la tête et en agitant la main vers Chase.

Figé sur place, Chase la regarda s'éloigner. Non seulement il n'avait rien appris sur ce que Zoé avait raconté sur lui dans sa contribution à la capsule-souvenir, mais il n'avait aucune idée de ce qu'il allait bien pouvoir dire dans la sienne.

Il entendit dans sa tête la voix de Michael : « Bon, j'ai ajouté la piste pour la batterie hier soir et j'ai fait un premier mixage. Est-ce que ça avance, tes paroles ? »

Bonne question. Mais sans réponse.

Ce soir-là, dans leur chambre, Michael répéta sa question.

— Yo, Chase! cria-t-il pour essayer de tire Chase de la transe dans laquelle il était plongé.

Il attendait une réponse.

— Quoi? aboya Chase. Je veux dire, oui, devina-t-il en soupçonnant que c'était la réponse que Michael espérait.

— Tu sais même pas ce que je t'ai demandé, protesta Michael d'un ton accusateur.

Chase soupira bruyamment, déposa son crayon et son cahier, et se leva.

— Excuse-moi, mais j'arrive pas à me concentrer, dit-il en faisant les cent pas. Je suis incapable de penser à autre chose qu'à ce que Zoé a bien pu dire à mon sujet dans son DVD.

Michael leva les yeux au ciel.

— Tuez-moi, quelqu'un! supplia-t-il.

— Je veux dire... Est-ce qu'elle me considère comme un ami? Plus qu'un ami? Et qu'est-ce qu'elle pense des chapeaux?

Michael leva la tête, perplexe.

— Tu portes jamais de chapeaux, souligna-t-il.

— Je sais. Mais si elle adore les chapeaux, je pourrais essayer. J'ai besoin de connaître ses sentiments à mon égard, c'est tout, dit Chase en ouvrant les bras.

Michael secoua la tête. C'était pire qu'il l'avait cru. Le temps était venu de donner un bon conseil à son ami.

— Bon! Si tu veux tellement savoir ce que Zoé pense de toi, demande-le-lui.

— Non! Je veux seulement savoir ce qu'elle a dit de moi dans son DVD! s'exclama Chase tandis que Logan entrait dans la pièce.

— Zoé a parlé de toi sur son DVD? demanda Logan, le sac à dos sur l'épaule.

Il portait un t-shirt noir, sans manches, l'air parfaitement décontracté comme toujours.

— Heu, oui, fit Chase, qui ne s'attendait pas à le revoir de sitôt. Mais je m'en fiche, ajouta-t-il en tâchant d'avoir l'air cool... sans grand espoir de réussir.

— Bien sûr que tu t'en fiches, ricana Logan.

Mais il savait que c'était absolument faux.

— Oui, oui, je t'assure, insista Chase en secouant ses boucles brunes.

— Si tu le dis... fit Logan sans s'émouvoir. Mais rappelle-toi : demain, le DVD va être enterré... très creux sous terre... pour les 20 prochaines années!

Il insista lourdement sur les trois derniers mots. Il savait que Chase grimperait aux rideaux. Et il adorait faire grimper Chase aux rideaux...

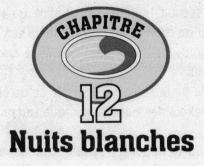

CHAPITRE 12
Nuits blanches

Nicole, vêtue d'une camisole rayée vivement colorée et d'un short, des pantoufles aux pieds, entra en bâillant dans le salon de la résidence. Elle jeta un coup d'œil autour d'elle, à la recherche de la source du bruit. Du ronflement. Elle aperçut Quinn presque tout de suite et écarquilla les yeux de surprise. On ne savait jamais à quoi s'attendre, avec Quinn, mais ça, c'était encore plus étrange que d'habitude.

Le cerveau numéro un du campus était en pyjama, la tête en bas, suspendue par les pieds à une étrange installation, les extrémités de ses longues couettes noires frôlant le sol. Et elle ronflait... d'un ronflement sonore.

— Quinn? Quinn! cria Nicole, qui dut élever la voix pour réveiller sa voisine de chambre.

Quinn ouvrit les yeux, éberluée.

— Oh, bonjour! Qu'est-ce que tu fais ici? demanda-t-elle comme si de rien n'était.

Comme si tout le monde se suspendait par les pieds au plafond du salon...

— Je me suis levée pour aller aux toilettes. Alors, j'ai

entendu tes ronflements assourdissants... répondit Nicole en croisant les bras.

Ces ronflements étaient vraiment hors de contrôle. Elle n'avait pas dormi une nuit complète depuis des jours.

— Je ronfle encore? demanda Quinn, à la fois étonnée et déçue.

— Plus fort que jamais, confirma Nicole.

— Zut! Je pensais que, si je dormais la tête en bas, ça libérerait mes cavités nasales et ça m'empêcherait de ronfler. C'est la troisième méthode que j'essaie.

Quinn semblait désespérée. On aurait dit qu'elle était sur le point de pleurer.

— Eh ben! Moi qui pensais que tu pouvais trouver des solutions à tout...

Nicole était surprise. Les solutions de Quinn n'étaient jamais conventionnelles, et pas tout le temps nécessaires, mais elles étaient généralement efficaces – même si ce n'était pas toujours exactement de la manière prévue. Quinn était de loin l'élève la plus brillante de la PCA.

— J'en trouve, d'habitude. Mais je peux pas surveiller mes propres ronflements parce que, quand je ronfle, je dors, se lamenta Quinn.

Elle se sentait vraiment impuissante et commençait à se décourager.

Nicole étouffa un nouveau bâillement. Elle aurait bien voulu dormir elle aussi quand Quinn ronflait. Elle aurait bien voulu dormir en ce moment même, d'ailleurs.

— Bon, eh bien... dit-elle en montrant la sortie, à la recherche d'une bonne excuse pour s'en aller.

— Hé! coupa Quinn, qui venait manifestement d'avoir une idée. Tu veux m'aider?

Nicole était prête à tout pour empêcher Quinn de ronfler. Mais elle avait déjà eu un échantillon de ce qui pouvait arriver à ceux qui assistaient Quinn dans ses expériences...

— Heu... Je pense que je suis pas la bonne personne pour...

— S'il te plaît? supplia Quinn. Je voudrais seulement que tu me dises si je ronfle pendant que j'essaie quelques autres solutions.

— Bon...

Nicole céda. De toute manière, elle n'avait pas vraiment le choix. Et puis, cela aiderait peut-être Quinn à cesser de ronfler.

— D'accord. Je peux faire ça, je suppose.

— Youpppi! s'écria Quinn, ravie, en applaudissant.

Elle avait retrouvé sa combativité.

— Tu peux commencer par m'aider à descendre.

— D'accord.

Nicole tendit la main vers le levier le plus gros et le plus évident de l'étrange appareil. Il servait sûrement à ouvrir ce machin...

— Attends, tire pas sur ce lev... cria Quinn.

Trop tard! Les pieds soudain dégagés, elle tomba par terre comme une pierre. Aïe!

Nicole frémit en regardant le petit tas de Quinn écroulé à ses pieds. Quinn avait une jambe par-dessus la tête, dans une position pas du tout naturelle. Et elle faisait de drôles de petits bruits, comme si elle s'étouffait.

— Attention! gémit Nicole en fermant les yeux.

— Oh, non!

Quinn ne semblait vraiment pas dans une position confortable...

CHAPITRE 13

Sous terre

— T'as rien apporté du tout pour la capsule-souvenir? demanda Zoé à Lola.

Elle n'en revenait pas. Lola semblait beaucoup aimer sa petite personne – presque trop, parfois. Pourquoi ne voulait-elle pas mettre quelque chose d'elle-même dans la capsule?

Plus elle fréquentait sa nouvelle compagne de chambre, moins elle avait l'impression de la connaître. Le jour de l'enfouissement de la capsule était arrivé, et Lola s'était présentée sur la pelouse les mains vides. Elle avait pourtant déclaré à M. Bender qu'elle trouvait son idée super-hyper-cool.

— T'inquiète pas, dit Lola en secouant la tête – en même temps que les immenses anneaux suspendus à ses oreilles.

— Il va te coller un zéro, avertit Zoé.

M. Bender était bien gentil, mais peut-être pas à ce point-là...

— On verra bien, la rassura Lola en haussant les épaules.

Elle porta la main au petit bonnet crocheté de fil rose qu'elle avait posé sur ses longs cheveux raides, striés de mèches vertes, et qui complétait à merveille son allure de bohémienne.

Elle portait aussi un collier de grosses billes et une camisole de cycliste sur un t-shirt rose à longues manches.

Zoé haussa les épaules et se retourna pour observer le remplissage de la capsule. M. Bender cochait les noms des élèves, à mesure qu'ils y ajoutaient leur contribution.

Nicole y déposa son plus bel ensemble, en lui disant adieu silencieusement. Il lui manquerait! Derrière elle, Logan se dirigeait vers la capsule avec sa contribution. Nicole sourcilla. Il voulait vraiment mettre une photo de lui là-dedans?

— Tu mets une photo de toi? demanda-t-elle, incrédule.

Tout le monde savait qu'il avait un ego gros comme le monde, mais quand même...

— En effet, répondit Logan, désinvolte, en dévissant le capuchon de son stylo.

Non seulement il mettait sa précieuse photo dans la capsule, mais il la signait, en plus!

— Chères belles filles de l'avenir... ça m'a fait plaisir, dit-il à voix haute tout en écrivant.

Nicole leva les yeux au ciel tandis que Logan déposait délicatement sa photo encadrée dans la capsule. Puis, embrassant son stylo, il le lança à la suite de la photo – petite prime pour les filles de l'avenir.

— N'importe où? demanda Zoé en avançant vers la capsule, son DVD à la main.

— Oui, répondit M. Bender. Tu le lances dans le tas!

Zoé ajouta son DVD à la pile et s'éloigna, satisfaite. Elle espérait que les étudiants qui le verraient dans 20 ans l'apprécieraient.

— Chase, Michael, qu'est-ce que vous avez apporté?

demanda M. Bender en voyant s'approcher les deux garçons.

— On a écrit une chanson sur notre vie ici, à la PCA, expliqua Michael.

— Cool, approuva M. Bender en souriant.

Chase jeta son CD. Il voyait le DVD de Zoé sur le dessus de la pile et dut faire un terrible effort de volonté pour se retenir d'aller le chercher et de se sauver en courant avec son trésor. Finalement, il se retourna et fit un petit salut de la main à M. Bender.

Lola s'approcha ensuite de la capsule.

— Lola, qu'est-ce que tu as apporté? demanda M. Bender.

Sans avertissement, Lola éclata en sanglots.

— Quoi? Qu'est-ce qui se passe? demanda M. Bender en s'avançant pour consoler son élève éplorée.

— Vous allez me donner un zéro pour le projet, sanglota Lola de plus belle.

— Tu n'as rien choisi? demanda gentiment M. Bender.

— Non, j'avais choisi quelque chose, expliqua Lola entre deux sanglots. C'était un médaillon que ma grand-mère m'avait donné avant qu'elle... avant qu'elle nous quitte.

— Oohh! Je suis désolé, fit M. Bender en secouant la tête.

— Mon père affirme que je lui ressemble trait pour trait, ajouta Lola en essayant de retenir ses larmes. Alors, je me suis dit que le médaillon serait parfait pour la capsule-souvenir, mais...

— Mais, quoi? demanda M. Bender, toujours aussi patient.

Lola serra la main sur la poitrine, là où aurait dû se trouver le médaillon.

— Je... Je peux pas. C'est tout ce qu'il me reste d'elle. Je suis désolée.

Lola regarda M. Bender en reniflant. L'enseignant était un peu ébranlé.

— Ça va, dit-il enfin, rassurant. Écoute, tu as beaucoup réfléchi à ton devoir, et c'est ce qui compte.

— Vraiment? demanda Lola dans un souffle.

— Bien sûr. Ne t'inquiète pas, tu vas avoir la note que tu mérites, assura M. Bender.

— Merci mille fois!

Les pleurs de Lola s'interrompirent aussi vite qu'ils avaient commencé. Elle s'essuya les yeux, tourna les talons et lança un large sourire à Zoé et à Nicole.

— Vive le théâtre! murmura-t-elle en passant à côté d'elles.

Ses deux compagnes de chambre la regardèrent s'éloigner, ébahies.

— Bon, dit M. Bender, qui tâchait de reprendre ses esprits après l'épisode dramatique du médaillon de Lola. Je pense que c'est tout. C'est le temps d'enterrer notre trésor!

Avec l'aide de deux garçons plus vieux, il descendit la capsule dans un trou.

Chase, complètement anéanti, regarda disparaître ses espoirs de connaître les sentiments de Zoé à son égard.

— Alors, tu sauras pas avant 20 ans ce que Zoé pense de toi! le taquina Logan, qui ne pouvait pas s'empêcher de tourner un tout petit peu le fer dans la plaie.

Il était tellement facile de torturer Chase au sujet de

Zoé!

Chase resta là quelques instants, à regarder fixement la capsule-souvenir scellée et enfouie profondément dans la terre. Sans un mot, il dit adieu à ses espoirs.

Rêves désespérés

Chase se tournait et se retournait dans son lit. Dehors, des éclairs illuminaient le ciel. La pluie tambourinait sur le toit de la résidence.

« Alors, tu sauras pas avant 20 ans ce que Zoé pense de toi! » répétait pour la centième fois la voix de Logan dans sa tête.

Chase finit par s'endormir. Il rêva qu'il était dans le futur... 20 ans plus tard, pour être plus précis. Il avait encore sa tignasse bouclée, mais ses shorts de sport, ses t-shirts et ses chemises à carreaux avaient fait place à une combinaison argentée de l'ère spatiale. Il tenait à la main le DVD de Zoé.

— Enfin! s'exclama Chase dans son rêve. Je vais pouvoir le regarder.

Il se dirigea vers un appareil électronique ultramoderne, où il n'y avait aucun bouton.

— Lecteur, dit-il simplement.

L'appareil s'anima immédiatement.

— Bonjour, Chase, fit une voix métallique.

Chase sourit et inséra le DVD dans le lecteur. Il allait enfin savoir ce que Zoé pensait de lui!

— DVD ancien détecté, dit la voix sortant de l'appareil. Veuillez choisir le mode de présentation.

— Hologramme, répondit Chase.

Pourquoi se contenter d'une image plate s'il pouvait voir Zoé en trois dimensions? Dans une minute, son amie serait devant lui!

— Merci, dit la voix. Restitution de l'image.

Chase alla s'asseoir sur une chaise de plastique moulé. Son cœur battait à tout rompre, et il avait les mains moites. Le moment de vérité était arrivé.

Un rayon de lumière vive tomba soudain d'un cylindre placé au plafond. Et Zoé apparut.

— J'aurais tellement de choses à dire au sujet de Chase, commença-t-elle. Pour commencer, c'est la première personne que j'ai rencontrée à la PCA. On est devenus très bons amis. Mais il y a une chose que je n'ai jamais avouée à Chase, et c'est que...

— Chase... Chase! interrompit une voix.

L'image holographique de Zoé se mit à vaciller.

— C'est que quoi? insista Chase, tandis que l'image de Zoé lui apparaissait par intermittence.

— Chase... interrompit de nouveau la voix.

— Et c'est que... répéta l'hologramme de Zoé, de plus en plus pâle.

Chase sentit la panique le gagner.

— Allez, Zoé! Finis ta phrase! Zoé, Zoé, reviens!

— Chase!

La voix qui interrompait son rêve refusait de se taire. C'était Michael, qui essayait de réveiller son ami.

— Dis-le! cria Chase. Zoé, reviens!

— Chase, appela Michael en le secouant énergiquement.

Son ami était en train de perdre la boule!

Chase ouvrit les yeux tout grands et se redressa dans son lit, se cognant la tête sur le lit du dessus.

— Aïe! s'exclama-t-il.

Il rejeta ses couvertures et bondit sur ses pieds.

— Michael! hurla-t-il en attrapant son ami par les épaules. T'as gâché mon rêve! J'étais sur le point de savoir ce que Zoé a dit à mon sujet sur son DVD!

Il semblait désespéré.

— Pourquoi tu m'as réveillé?

Michael se sentait horriblement coupable.

— Je voulais juste savoir si t'avais un oreiller de trop, que je pourrais t'emprunter, dit-il en regrettant soudain sa décision de réveiller son ami.

Décidément, cette histoire avec Zoé était en train de rendre Chase complètement dingue. Et maintenant, Michael allait devoir l'écouter radoter...

Chase s'empara d'un des oreillers posés sur son lit et le lança à Michael, qui le reçut en plein front.

— Tiens! cria-t-il. Et maintenant, laisse-moi retourner à mon rêve!

Chase se recoucha et rabattit ses couvertures sur lui. Il ferma les yeux très fort, tandis que Michael le regardait, perplexe. Puis, 10 secondes plus tard...

— Est-ce que je dors? demanda Chase d'une toute petite voix.

— Non, fit Michael en secouant la tête.

Chase ressortit du lit et ramassa quelques outils. Ils avaient une mission à accomplir.

— Viens! ordonna-t-il.

— Où ça? demanda Michael, qui n'était pas sûr de vouloir connaître la réponse.

On était au beau milieu de la nuit, et Chase avait déjà de drôles d'idées en plein jour...

— On s'en va déterrer la capsule, dit Chase.

Michael le regarda, abasourdi. Son ami avait effectivement perdu la boule!

— Mais il est deux heures du matin!

— Je dois savoir ce que Zoé a dit à mon sujet, supplia Chase. Il faut que tu m'aides!

Michael se sentait sur le point de fléchir. Mais il n'allait pas céder sans résister.

— T'es malade? demanda-t-il... avec raison, d'ailleurs!

Une demi-heure plus tard, Chase et Michael étaient dehors avec leurs pelles, sous la pluie battante, les pieds dans une mare de boue. Ils creusèrent pendant un bon moment, les vêtements trempés, le visage et les bras éclaboussés de boue. Ils étaient mouillés jusqu'à la moelle. Mais ils continuaient à creuser...

— T'es vraiment malade! insista Michael, bien conscient qu'il était un peu fou, lui aussi.

Il s'en fichait, lui, du DVD de Zoé. Alors, qu'est-ce qu'il faisait là, sous l'orage, couvert de boue?

— Continue à creuser, ordonna Chase.

— Qu'est-ce que tu penses que je fais? répliqua Michael. Que je mange un cocktail de crevettes? Je t'assure, de toutes les stupidités...

La pelle de Chase frappa enfin quelque chose de dur.

— Ah, ah! La voici! cria-t-il pour couvrir le bruit de la pluie. Viens, aide-moi à la soulever!

Chase et Michael jetèrent leurs pelles et se mirent à creuser avec leurs mains dans la terre mouillée.

— Aide-moi! hurla Chase en dégageant la boue qui recouvrait la capsule.

Il était si proche qu'il pouvait presque toucher le métal du cylindre!

— J'essaie, souffla Michael, hors d'haleine.

La terre, autour de la capsule, était tellement mouillée qu'elle recouvrait le cylindre de métal à mesure qu'ils le dégageaient. Ils trouvèrent enfin les deux extrémités de la capsule et la tirèrent hors de l'épaisse boue visqueuse.

Chase ouvrit le couvercle de la capsule et fouilla à l'intérieur. Il trouva enfin le DVD de Zoé. Il le tint à bout de bras et leva les yeux vers le ciel noir, exultant.

— Enfin, je l'ai! Je l'ai!

On aurait dit un savant fou qui venait de réussir une expérience. Ou alors un monstre surgi des profondeurs de la terre...

Michael regarda son ami, éberlué. Ainsi plâtré de pluie et de boue, Chase avait l'air totalement dément. Non, ça ne faisait plus aucun doute : il avait perdu la tête!

Chase se remit à rire, puis s'arrêta brusquement quand son regard croisa celui de Michael, qui exprimait sa stupéfaction de façon assez éloquente.

— Ben quoi, j'ai trouvé le DVD, expliqua Chase, un peu gêné.

— Vraiment? répliqua Michael comme s'il ne le savait pas déjà.

Et comme s'il n'avait pas aidé son ami depuis des heures...

Chase se sentait un peu stupide, mais il s'en fichait. Dans quelques minutes, il allait enfin savoir ce que Zoé Brooks pensait de lui. Mais il devait d'abord effacer les traces de son crime...

— Viens, dit-il à son complice. Aide-moi à remettre la capsule à sa place, pour que personne sache qu'on l'a déterrée.

Michael leva les yeux au ciel.

— Bien sûr, fit-il. Pourquoi pas? Qu'est-ce que j'aurais de mieux à faire à trois heures du matin, de toute manière?

Il s'empara de sa pelle et commença à jeter de la boue par-dessus la capsule-souvenir. Quelle nuit!

Comme un poisson dans l'eau

Il était trois heures du matin. Nicole était épuisée. Elle regardait Quinn, assise en face d'elle sur le divan du salon des filles, bien éveillée. Mais si elle, Nicole, n'allait pas se coucher bientôt, elle ne serait bonne à rien demain matin! Sans compter qu'elle détestait avoir les yeux cernés.

— Quinn, il faut que tu l'acceptes. Y a rien qui peut arrêter tes ronflements d'extraterrestre! insista-t-elle.

Quinn était déterminée. Quand on était une vraie scientifique, on n'abandonnait pas au premier obstacle! Et puis, il lui restait encore un atout dans son jeu.

— Attends encore un peu, dit-elle à Nicole.

— Mais on a tout essayé, protesta Nicole, convaincue.

— Non, répliqua Quinn avec un sourire diabolique. On a pas encore essayé ça...

Elle brandit un verre d'eau et regarda amoureusement son « atout »... ou plutôt ses atouts : deux poissons minuscules qui tournaient en rond dans l'eau.

Nicole jeta un coup d'œil dans le verre et fit la grimace.

— Ouache! s'écria-t-elle en reculant d'un pas. Qu'est-ce

que c'est que ça?

— Ce sont des guppies d'une espèce très rare, qui viennent d'Afrique du Sud, annonça fièrement Quinn.

— Et alors? Comment est-ce que des guppies d'Afrique du Sud pourraient t'empêcher de ronfler? demanda Nicole... même si elle ne tenait pas tellement à entendre la réponse.

Avec Quinn, il fallait s'attendre à tout...

— Eh bien, expliqua Quinn, quand tu les sors de l'eau, ils sécrètent un liquide collant qui est censé insensibiliser les muqueuses des humains.

— Et puis après? demanda Nicole, qui ne comprenait pas un mot de ce que racontait Quinn.

Elle n'allait tout de même pas...?

— Alors, si je me les mets dans le nez, ce liquide va tapisser l'intérieur de mes narines, et son effet insensibilisant devrait m'empêcher de ronfler, répondit Quinn tout naturellement, comme si elle parlait simplement du temps qu'il faisait.

Nicole regarda Quinn, éberluée. Elles avaient atteint un niveau inégalé de bizarrerie scientifique. Un niveau inégalé et dégoûtant...

— Euh, je m'en vais me coucher, annonça-t-elle en faisant mine de se lever.

Elle ne voulait pas voir ça!

Quinn la repoussa sur les coussins.

— Mais il faut que tu restes ici et que tu me regardes dormir, pour savoir si ça marche. T'es prête?

Elle plongea la main dans le verre et en sortit un guppy. Nicole vit en imagination le guppy sortir de la narine de Quinn et lui atterrir sur le bras. Ou sur la jambe. Ou, pire encore, sur le visage!

— Nooon! fit-elle, paniquée.

Quinn porta le premier poisson à son nez et inspira profondément. La petite créature visqueuse glissa dans sa cavité nasale. Quelle sensation... revigorante! Quinn saisit le deuxième poisson et l'aspira à son tour par le nez. Zip! Très satisfaisant! Et maintenant, l'expérience pouvait commencer.

Nicole regardait Quinn, dégoûtée. Les guppies avaient complètement disparu dans son nez. Elle avait aspiré des poissons vivants à l'intérieur de son corps! C'était encore plus dégoûtant que le jour où Lola avait gobé des œufs crus!

— Je n'ai jamais rien vu d'aussi traumatisant de toute ma vie! gémit Nicole.

Le moment de vérité

Chase était assis tout seul sur le lit du bas. Au-dessus de lui, Michael dormait profondément dans ses vêtements pleins de boue. De l'autre côté de la chambre, Logan ressemblait à un ours en hibernation. Deux pelles d'une saleté repoussante étaient posées contre le mur.

Chase alluma son ordinateur, et la lueur de l'écran illumina doucement la pièce. Il ouvrit le boîtier de plastique et en retira le DVD de Zoé. Les mains légèrement tremblantes, il le glissa dans l'appareil et prit ses écouteurs. Puis il cliqua sur le menu pour faire jouer le DVD.

Le joli visage de Zoé apparut aussitôt à l'écran. Chase sourit. Qu'elle était mignonne!

— Euh... Bonjour. Je m'appelle Zoé Brooks. Si vous regardez ceci, ce sera probablement dans 20 ans. Les choses auront sûrement beaucoup changé depuis mes...

Chase, impatient, cliqua sur la touche de défilement rapide. Il devait se rendre tout de suite au passage où elle parlait de lui, avant de changer d'idée. Maintenant qu'il avait mis la main sur le DVD et qu'il était sur le point de connaître la vérité, il se sentait un peu... coupable.

Il cliqua de nouveau, et le visage de Zoé réapparut clairement. Sa voix sonnait comme une musique aux oreilles de Chase.

— ... alors le fait d'avoir été dans la même chambre que Nicole aura certainement été une des meilleures choses qui me soient arrivées à la PCA. Et maintenant, je voudrais vous parler d'une des personnes les plus extraordinaires que j'ai rencontrées ici. Il s'appelle Chase Matthews, et il est à mon avis le plus...

Clic! Pause. Le cœur de Chase battait à tout rompre. Il y était... C'était ce qu'il avait tellement voulu entendre! Et personne n'allait l'empêcher d'écouter la suite du DVD. Personne, sauf lui-même.

Chase regarda le visage de Zoé, figé sur l'écran. Même ainsi, dans cette immobilité forcée, elle était très jolie. Alors, pourquoi se sentait-il aussi mal à l'aise?

Repoussant son ordinateur, Chase sortit de son lit et tâta l'épaule de Michael.

— Michael... S'il te plaît, réveille toi! Michael...

Il fallait que son ami se réveille. Il avait besoin de lui parler.

Michael se retourna en grognant.

— Michael dort, répondit-il d'une voix ensommeillée. Laissez un message au signal sonore. Biiip!

Il se recoucha, dos à Chase.

Chase tendit le bras et fit rouler son ami vers lui.

— Allez, faut que je te parle, plaida Chase.

Michael ouvrit les yeux péniblement. Chase avait déjà suffisamment gâché son sommeil pour la nuit!

— Aaahh! Qu'est-ce que tu veux encore? Tu veux qu'on aille faire de la plongée? railla-t-il.

— Est-ce que c'est mal? demanda Chase tout de go.

« Est-ce que c'est mal de réveiller un ami qui essaie de dormir, après l'avoir forcé à faire tes quatre volontés au milieu de la nuit? » pensa Michael.

C'était sans doute mal. Mais il était à peu près certain que ce n'était pas de ça que Chase voulait parler.

— Qu'est-ce qui est mal? demanda-t-il.

Chase poussa un profond soupir.

— Regarder le DVD de Zoé sans sa permission. Est-ce que c'est mal?

Michael regarda Chase. Ça n'allait pas, décidément...

— Qu'est-ce que t'en penses? demanda-t-il.

Chase garda le silence un instant. Il ne voulait pas l'admettre, mais il devait reconnaître qu'il se sentait coupable.

— Un peu, répondit-il.

— Alors, t'as pas besoin de me demander ce que tu sais déjà, fit Michael en hochant la tête.

Il remonta ses couvertures et se retourna, le visage contre le mur, en espérant que Chase le laisserait tranquille au moins deux ou trois heures.

Chase s'assit sur son lit et reprit son ordinateur. Il voyait toujours le visage figé et un peu flou de Zoé. Avec un gigantesque soupir, il éjecta le DVD et le remit dans son étui. Il éteignit l'ordinateur, se leva, mit le DVD dans sa poche, saisit une pelle et retourna sous la pluie, seul.

CHAPITRE 17

Remède amphibie

Le soleil entrait à flots par les fenêtres du salon des filles. Inconscientes du va-et-vient des élèves qui passaient dans la pièce commune pour aller déjeuner avant de se rendre à leurs cours, Quinn et Nicole sommeillaient paisiblement sur le divan. On n'entendait pas le moindre ronflement.

Zoé ouvrit la porte du salon et parcourut la pièce des yeux. Elle n'avait pas vu Nicole depuis la veille et n'avait aucune idée de l'endroit où elle se trouvait. Mais il ne lui fallut que quelques secondes pour l'apercevoir sur le divan, avec Quinn. Les deux filles étaient profondément endormies.

Lola se dirigea vers elles et leur donna à chacune un petit coup de genou.

— Hé, les filles! dit-elle d'une voix brusque.

Rien.

— HÉ! répéta-t-elle à tue-tête.

Elle n'avait pas l'habitude de passer inaperçue.

Zoé secoua Nicole plus doucement.

— Nicole, c'est le matin, dit-elle.

Nicole ouvrit les yeux, s'étira et roula par terre. Elle jeta autour d'elle un regard ensommeillé.

— Oh, bonjour! dit-elle à ses compagnes de chambre en étouffant un bâillement. On dirait qu'on a dormi un peu trop longtemps.

Elle cligna des yeux en entendant ses propres paroles.

— On a dormi trop longtemps! s'écria-t-elle, toute joyeuse. Quinn! Réveille-toi! Allez, debout!

Elle était trop excitée pour tenir en place.

— Quoi? demanda Quinn, encore endormie, avant de s'asseoir et de rajuster ses lunettes.

— On a dormi toute la nuit! s'exclama Nicole.

Normalement, elle n'aurait pas qualifié ses cinq heures de sommeil – de trois heures à huit heures du matin – de « toute la nuit », mais comme elle n'avait pas aussi bien dormi depuis longtemps, elle se sentait généreuse. Très généreuse...

Quinn était éberluée.

— J'ai pas ronflé? demanda-t-elle, toute joyeuse.

— Non! Les guppies ont fait leur travail!

Quelle importance si Quinn avait eu des poissons miniatures dans le nez pendant cinq heures? Elle avait enfin réussi à dormir!

— Les guppies ont fait leur travail! répéta Quinn en écho, avec un frisson de plaisir.

Il n'y avait rien de plus satisfaisant qu'une expérience réussie.

Lola plissa le nez, perplexe.

— Elle a dit « les guppies »? demanda-t-elle.

Zoé hocha la tête, inquiète.

Avec Quinn, tout était possible.

— C'est ce que j'ai entendu, confirma-t-elle.

— Des guppies d'Afrique du Sud, annonça Nicole avec enthousiasme. Elle les a mis dans son nez, ajouta-t-elle plus calmement.

— Ouais! renchérit Quinn. Regardez!

Elle ramassa son verre d'eau, bloqua une narine avec son doigt et souffla de toutes ses forces. Plouf! Un des guppies tomba dans l'eau. Elle répéta la manœuvre avec l'autre narine. Re-plouf! Le deuxième petit poisson alla rejoindre son compagnon.

— Regardez!

Zoé s'avança et regarda dans le verre. Il avait l'air étonnamment... propre.

— Ouais, ce sont des guppies, en effet, reconnut-elle.

Lola hocha la tête en écarquillant ses yeux noisette. Dire qu'elle s'était crue étrange, en reine des ténèbres!

Coco, la surveillante des résidences, arriva à ce moment-là. Elle avait un pot de beurre d'arachides à la main et riait toute seule.

— Hé, les filles! salua-t-elle en s'arrêtant à côté de Zoé. Avez-vous regardé l'émission de fin de soirée, hier? demanda-t-elle.

— Non.

— Pas moi.

— Moi non plus.

— Oh, vous en avez raté une bonne! L'animateur a fait une blague sur la lenteur de la poste... J'en ris encore... Il a dit...

Coco se mit soudain à tousser.

— Il a dit : « La poste est tellement lente »...

Elle toussa de nouveau, beaucoup plus fort. Elle avait

sûrement du beurre d'arachides pris dans la gorge.

— Est-ce que ça va? demanda Zoé, soudain inquiète.

La surveillante semblait en train de s'étouffer.

Coco toussa, puis fit un petit bruit étranglé. Incapable de parler, elle prit le verre d'eau des mains de Quinn.

— Attends!

— Non!

— Faut pas boire les...

Sans tenir compte de leurs protestations, Coco avala d'un trait le verre d'eau – et les poissons qu'il contenait!

— Aaahh! Ça va mieux, annonça-t-elle en se passant la main sur le visage. Ouf!

Zoé, Lola, Nicole et Quinn la fixèrent un long moment, incapables de dire un mot. C'était vraiment trop dégoûtant!

CHAPITRE 18

Fou à lier

Encore un après-midi magnifique sur le campus. Partout, il y avait des jeunes qui riaient, qui flânaient avec leurs amis ou qui se dirigeaient vers leurs classes. Zoé roulait sur son petit scooter, heureuse de sentir le vent dans ses cheveux. Maintenant que Quinn avait cessé de ronfler et que Lola se comportait à peu près normalement, la vie était de nouveau belle à la PCA.

Zoé avançait lentement, attentive aux piétons. Du coin de l'œil, elle aperçut une scène... intéressante. Chase dormait comme un loir, le visage enfoui dans la pelouse. Zoé sourit intérieurement, immobilisa son scooter et s'avança vers lui. Il ne bougea pas d'un poil.

Elle se dirigea silencieusement vers ses pieds et attacha ses deux lacets ensemble. Puis elle retourna vers la tête de Chase et s'étendit de manière à lui faire face.

Elle s'éclaircit la gorge, et Chase leva la tête. Il était presque nez à nez avec elle.

— Hé! fit Zoé avec entrain.

— Bonjour, répondit Chase.

Il ne s'attendait vraiment pas à se réveiller devant le

visage souriant de Zoé. C'était tout un cadeau!

— Qu'est-ce que tu fais? demanda Zoé, les yeux brillants.

— Je me repose, dit Chase.

C'était évident, non?

— Pourquoi? s'informa Zoé, curieuse.

Le système de cinéma maison de Logan avait-il repris du service? Y avait-il un ronfleur dans la chambre de Chase aussi?

— Parce que j'ai pas très bien dormi ces derniers jours, avoua Chase.

— Pourquoi? insista Zoé.

Chase commençait à se sentir un peu nerveux. Zoé se doutait-elle de ce qu'il avait fait? Devait-il tout lui avouer?

— J'étais occupé... à différentes choses, répondit-il, en choisissant plutôt de rester évasif.

Zoé hocha la tête en retenant un sourire narquois. Chase ne se doutait pas qu'elle était en train de lui jouer un tour. Elle savait qu'elle ne devrait pas taquiner son ami, mais elle ne pouvait pas s'en empêcher. Chase était tellement crédule.

— C'est sûr, les choses, ça occupe.

— Ouais, approuva Chase.

— Alors, écoute... commença Zoé, l'air concentrée, comme si elle s'apprêtait à lui annoncer quelque chose d'important.

— Oui? fit Chase, sur le qui-vive.

D'après le ton de sa voix, il était certain que Zoé allait lui dire quelque chose... quelque chose d'important...

— Tu sais, quand tu m'as demandé ce que j'avais dit à ton sujet sur mon DVD?

— Hmm hmm, fit Chase, qui n'en croyait pas ses oreilles.

— Et que je t'ai dit que tu le saurais dans 20 ans?

— Ouais, articula Chase.

— J'ai décidé que c'était un peu cruel, admit Zoé.

— Vraiment? demanda Chase, qui avait toutes les peines du monde à conserver son calme.

— Hmm hmm.

— Alooors? poursuivit Chase.

Il n'en pouvait plus, de ce suspense!

— Alors, je vais te le dire, fit Zoé.

— Tu vas me le dire? répéta Chase, incrédule.

— Ouais! promit Zoé avec un sourire avant de lâcher sa bombe. Dans 10 ans, ajouta-t-elle en se levant d'un bond.

— Quoi?! s'écria Chase, exaspéré.

Ça aussi, c'était cruel!

— Salut! lança Zoé avec un petit rire tout en courant vers son scooter.

— Oh, t'es pas mieux que morte! menaça Chase en riant.

Zoé savait comment rendre les garçons fous...

— Oooohh! J'ai peur! s'écria Zoé en levant les mains devant son visage comme si elle était terrorisée.

Chase tenta de se lever pour se précipiter à sa suite, mais trébucha presque aussitôt. Il baissa les yeux et se rendit compte que ses lacets étaient solidement attachés ensemble. Zoé!

— Bon, maintenant, t'es vraiment morte! lança-t-il.

Zoé enjamba le siège de son scooter.

— Faut d'abord que tu m'attrapes! cria-t-elle, taquine.

Chase se dépêcha de défaire ses lacets pendant que Zoé s'éloignait sur le sentier.

— Tu ne perds rien pour attendre! cria-t-il derrière elle.

Évidemment, il était un peu frustré de s'être laissé prendre, mais c'était tellement amusant de taquiner Zoé et de se faire taquiner par elle! Et puis, c'était agréablement normal. Et Chase devait admettre qu'il était content que les choses soient enfin revenues à la normale. Très, très content...